O BOM JESUS
E O INFAME CRISTO

coleção
MITOS

PHILIP PULLMAN

O bom Jesus
e o infame Cristo

Tradução
Christian Schwartz

COMPANHIA DAS LETRAS

Copyright © 2010 by Philip Pullman
Publicado mediante acordo com Canongate Books Ltda., 14 High Street,
Edimburgo EH1 1 TE

*Grafia atualizada segundo o Acordo Ortográfico da Língua Portuguesa de 1990,
que entrou em vigor no Brasil em 2009.*

Título original
The good man Jesus and the scoundrel Christ

Capa
Kiko Farkas e Mateus Valadares/ Máquina Estúdio

Ilustração de capa
Lourenço Mutarelli

Preparação
Leny Cordeiro

Revisão
Camila Saraiva
Marise Leal

Dados Internacionais de Catalogação na Publicação (CIP)
(Câmara Brasileira do Livro, SP, Brasil)

Pullman, Philip
    O bom Jesus e o infame Cristo / Philip Pullman ; tradução
Christian Schwartz — São Paulo : Companhia das Letras, 2010.

    Título original: The good man Jesus and the scoundrel
Christ.
    ISBN 978-85-359-1762-8

---

    1. Ficção inglesa 2. Jesus Cristo - Ficção   I. Título

10-10504   CDD-823

Índice para catálogo sistemático:
1. Ficção : Literatura inglesa 823

[2010]
Todos os direitos desta edição reservados à
EDITORA SCHWARCZ LTDA.
Rua Bandeira Paulista 702 cj. 32
04532-002 — São Paulo — SP
Telefone (11) 3707-3500
Fax (11) 3707-3501
www.companhiadasletras.com.br

O BOM JESUS
E O INFAME CRISTO

Maria e José

Esta é a história de Jesus e de seu irmão Cristo, de como nasceram, de como viveram e de como um deles morreu. A morte do outro não entra na história.

Como é de conhecimento geral, sua mãe se chamava Maria. Era filha de Joaquim e Ana, um casal idoso, rico e devoto que não tivera filhos, ainda que muito houvesse rezado por um. Era considerado desonroso que Joaquim não deixasse descendentes, e ele sentia fundo essa vergonha. Ana era igualmente infeliz. Um dia, ao ver um ninho de pardais num loureiro, chorou porque até os pássaros e os animais conseguiam gerar, mas não ela.

Finalmente, porém, quem sabe por obra de suas fervorosas preces, Ana concebeu uma criança e, no tempo devido, deu à luz uma menina. Joaquim e Ana prometeram oferecê-la ao Senhor Deus, e a levaram ao templo e a entregaram ao sumo sacerdote Zacarias, que a beijou, a abençoou e a tomou sob seus cuidados.

Zacarias acalentou a criança como a uma pomba, e

ela dançou para o Senhor, e todos a amavam por sua graça e sua simplicidade.

Mas, como toda menina, ela cresceu e, quando tinha doze anos, os sacerdotes do templo se deram conta de que logo começaria a ter o sangramento mensal. O que, claro, macularia aquele local sagrado. Como fariam? Haviam-na tomado sob sua responsabilidade; não podiam simplesmente mandá-la embora.

Então Zacarias rezou, e um anjo lhe disse o que fazer. Os sacerdotes deveriam encontrar um marido para Maria, mas que fosse bem mais velho, um homem estabelecido e experiente. Um viúvo seria ideal. O anjo deu instruções precisas e prometeu um milagre que confirmaria a escolha do homem certo.

Seguindo o que lhe fora dito, Zacarias reuniu o maior número de viúvos que conseguiu. Cada um deles deveria trazer consigo um cajado de madeira. Uma dúzia de homens, pouco mais, respondeu ao chamado, alguns jovens, outros na meia-idade, alguns velhos. Entre eles, o carpinteiro José.

De acordo com as instruções, Zacarias juntou todos os cajados e orou sobre eles antes de devolvê-los aos donos. José foi o último a receber seu cajado, que, tão logo lhe chegou às mãos, se transformou numa flor.

"Tu és o escolhido!", disse Zacarias. "O Senhor ordenou que deverás casar-te com a menina Maria."

"Mas sou um velho!", respondeu José. "E tenho filhos mais velhos que a menina. Serei alvo de galhofa."

"Faz como te foi ordenado", disse Zacarias, "ou enfrentarás a ira do Senhor. Lembra-te do que sucedeu a Coré."

Coré foi um levita que desafiou a autoridade de Moisés. Como punição, a terra se abriu sob ele e o engoliu, a ele e aos de sua casa.

José teve medo e, relutantemente, concordou em tomar a menina como esposa e a levou para casa.

"Deves permanecer aqui enquanto eu estiver fora trabalhando", ele disse a ela. "Voltarei ao tempo em que tiver de voltar. O Senhor olhará por ti."

Na casa de José, Maria trabalhava com tanto empenho e mantinha conduta tão modesta que ninguém erguia a voz para criticá-la. Ela tecia, assava o pão, tirava água do poço, e eram muitos os que se perguntavam sobre aquele estranho casamento, à medida que ela crescia e se tornava uma jovem mulher na ausência de José. Outros havia, homens jovens em particular, que tentavam lhe falar e sorrir, interessados, mas ela pouco dizia em resposta e mantinha os olhos pregados no chão. Fácil perceber que era uma moça simples e boa.

E o tempo passou.

O nascimento de João

Eis que Zacarias, o sumo sacerdote, era velho como José, e sua esposa, Isabel, também. Assim como Joaquim e Ana, eles não tinham filhos, por mais que houvessem desejado tê-los.

Um dia Zacarias viu um anjo, que lhe falou:

"Tua mulher irá parir um filho, a quem deverás dar o nome de João."

Zacarias ficou estarrecido e disse:

"Como pode ser? Sou um velho e minha mulher é estéril."

"É o que acontecerá", falou o anjo. "E, até que aconteça, tu te tornarás mudo por não creres em mim."

E assim se fez. Zacarias não foi mais capaz de falar. Mas, pouco tempo depois, Isabel concebeu uma criança, e ficou radiante, pois sua esterilidade fora até ali uma desgraça e uma dura provação.

Chegada a hora, ela deu à luz um menino. No momento de circuncidá-lo, perguntaram a Zacarias como deveria se chamar, e ele tomou de uma tabuinha e escreveu: "João".

Seus parentes ficaram surpresos, pois ninguém na família tinha aquele nome; assim que o escreveu, porém, Zacarias novamente pôde falar, e esse milagre foi a confirmação da escolha. O menino se chamou João.

A concepção de Jesus

Naquele tempo, Maria tinha cerca de dezesseis anos e José nunca a havia tocado.

Uma noite, no quarto, ela ouviu um sussurro vindo da janela.

"Maria, sabes o quanto és bonita? És a mais bela de todas as mulheres. O Senhor deve tê-la agraciado especialmente, fazendo-a assim tão doce e encantadora, com esses olhos e esses lábios..."

Ela ficou confusa e disse: "Quem és tu?".

"Sou um anjo", a voz respondeu. "Deixa-me entrar e contarei um segredo que somente a ti cabe saber."

Ela abriu a janela e o deixou entrar. Para não assustá--la, ele havia assumido a aparência de um jovem, exatamente como um dos jovens que costumavam vir lhe falar junto ao poço.

"Qual é o segredo?", ela falou.

"Tu conceberás uma criança", disse o anjo.

Maria ficou aturdida.

"Mas meu marido está fora", respondeu.

"Ah, mas o Senhor quer que aconteça logo. Venho em nome dele especialmente para isso. Maria, tu és bendita entre as mulheres por ter sido a eleita. Deves dar graças ao Senhor."

E naquela mesma noite ela concebeu uma criança, como previra o anjo.

Quando José voltou para casa, terminado o trabalho que o obrigara a estar fora, ficou profundamente consternado por encontrar a esposa esperando um bebê. Escondeu-se sob a túnica, atirou-se ao chão, chorou amargurado, cobriu-se de cinzas.

"Senhor", ele se desesperou, "perdoa-me! Perdoa-me! Que espécie de cuidado eu tive? Tomei esta criança ao templo ainda virgem e olha para ela agora! Devia tê-la mantido a salvo, mas deixei-a sozinha assim como fez Adão com sua Eva, e agora vê: a serpente se aproveitou dela também!"

Ele a chamou e disse: "Maria, minha pobre criança, o que fizeste? Tu, que eras tão pura e boa, trair assim tua inocência! Qual foi o homem que te fez isso?".

Ela chorou amargurada e falou: "Não cometi nenhum mal, eu juro! Jamais fui tocada por um homem! Foi um anjo que veio a mim, pois Deus desejava que eu concebesse uma criança!".

José ficou perturbado. Se aquilo fora de fato a vontade de Deus, seria seu dever cuidar dela e do bebê. Mas pareceria ruim, de todo modo. Ele, porém, não disse mais nada.

O nascimento de Jesus e a visita dos pastores

Não muito tempo depois, um decreto do imperador romano determinou que todos deveriam voltar a suas cidades de origem para uma contagem que seria feita em um grande censo. José vivia em Nazaré, na Galileia, mas sua família viera de Belém, na Judeia, ao sul, a alguns dias de viagem dali. Ele pensou consigo mesmo: com que nome registrarei Maria? Posso listar meus filhos, mas e ela? Devo chamá-la minha filha? Mas os outros sabem que ela não é minha filha e, além disso, é evidente que espera uma criança. O que fazer?

Acabou partindo, com Maria logo atrás dele, sobre o lombo de um jumento. A criança nasceria por aqueles dias, e José ainda não sabia o que dizer sobre sua esposa. Quando se aproximavam de Belém, ele se virou para ver como ela estava e notou que parecia triste. Talvez sentisse dor, ele pensou. Um pouco depois, ele se virou novamente e, dessa vez, viu que ela ria.

"O que foi?", ele disse. "Há um momento parecias triste e agora estás rindo."

"Vi dois homens", ela respondeu, "e um deles soluçava e chorava, enquanto o outro ria e se rejubilava."

Não havia ninguém por ali. Ele pensou: como pode ser?

Mas não disse mais nada, e logo chegaram à cidade. Todas as hospedarias estavam lotadas, e Maria chorava e tremia, pois a criança estava para nascer.

"Não tenho vagas", disse o último hospedeiro a quem perguntaram. "Mas podeis dormir no estábulo — os animais vos manterão aquecidos."

José fez o leito sobre a palha, acomodou Maria e correu para procurar uma parteira. Quando voltou, a criança já havia nascido, mas a parteira falou: "Há mais. Ela terá gêmeos".

E tinha razão, pois um segundo bebê nasceu logo em seguida. Ambos meninos, o primeiro era forte e saudável, mas o segundo era pequeno, fraco e de aspecto doentio. Maria envolveu o menino saudável num pano e o colocou no cocho dos animais, dando de mamar primeiro ao outro, pois sentia pena dele.

Naquela noite, pastores vigiavam seus rebanhos nas montanhas nos arredores da cidade. Um anjo brilhante de luz apareceu a eles, que ficaram aterrorizados até que a aparição lhes dissesse: "Não temais. Um bebê nasceu na cidade esta noite, e ele será o Messias. Vós o reconhecereis por um sinal: quando o encontrardes, estará envolto em retalhos de pano e acomodado no cocho de animais".

Os pastores eram judeus devotos e sabiam o que significava a palavra *Messias*. Os profetas haviam previsto que o Messias, o Ungido, viria para resgatar os israelitas da opressão que sofriam. Muitos tinham sido os opressores dos judeus ao longo dos séculos; mais recentemente, eram os romanos, que ocupavam a Palestina já havia alguns anos. Muita gente esperava a vinda do Messias, líder do povo judeu em sua luta para libertar-se do jugo de Roma. Então partiram em direção à cidade para encontrá-lo. Ao ouvirem o choro de um bebê, seguiram até o estábulo ao lado da hospedaria, onde acharam um velho que velava por uma jovem com um recém-nascido nos braços. Ao lado deles, no cocho, estava um segundo bebê envolto em retalhos de pano, e era o que chorava. E era o segundo bebê o de aspecto doentio, pois Maria o embalara e amamentara primeiro, e o pusera de lado para oferecer o peito ao outro.

"Viemos ver o Messias", disseram os pastores, e contaram sobre o anjo e sua explicação sobre onde encontrariam o bebê.

"Este?", perguntou José.

"Assim nos foi dito. Que era assim que o reconheceríamos. Quem pensaria em procurar por uma criança num cocho? Só pode ser ele. Deve ser o enviado de Deus."

Maria escutou aquilo com surpresa. Não ouvira coisa semelhante do anjo que a visitara em seu quarto? Mas estava orgulhosa e feliz por seu pequeno e indefeso filho receber expressões de tributo e veneração como aquelas. O outro não precisava de tais coisas; era forte, quieto e calmo, como José. Um para José, o outro para mim, pensou Maria, e guardou essa ideia no coração, e nada disse.

Os astrólogos

Ao mesmo tempo, uns astrólogos do Oriente chegaram a Jerusalém à procura, diziam, do rei dos judeus, que acabara de nascer. Tinham deduzido tal fato de sua observação dos planetas, e calculado o horóscopo da criança com todos os detalhes de ascendentes, trânsitos e progressões.

Naturalmente, foram direto ao palácio e lá pediram para ver o infante real. O rei Herodes, desconfiado, mandou chamá-los para que se explicassem.

"Nossos cálculos mostram que perto daqui nasceu um bebê que se tornará rei dos judeus. Imaginamos que teria sido trazido ao palácio, por isso viemos direto para cá. Trouxemos-lhe presentes..."

"Que interessante", disse Herodes. "E onde ele nasceu, esse infante real?"

"Em Belém."

"Aproximai-vos", falou o rei, baixando a voz. "Vós compreendeis — sois homens do mundo, sabeis como são essas coisas —, por razões de Estado, tenho de ser muito cuidadoso com o que digo. Há forças estrangeiras das quais vós e eu mesmo pouco sabemos, e que não hesitariam em matar essa criança caso a encontrassem, e o mais importante agora é protegê-la. Ireis a Belém a fim de conduzir investigações e, assim que tenhais qualquer informação, vinde e contai a mim. Garantirei que essa estimada criança receba cuidados e segurança."

Então os astrólogos percorreram os poucos quilômetros ao sul que levavam a Belém para encontrar o bebê. Olharam em seus mapas astrais, consultaram seus livros, fizeram extensos cálculos e, finalmente, depois de perguntarem em quase todas as casas de Belém, acharam a família que procuravam.

"Enfim, é esta a criança que reinará sobre os judeus!", disseram. "Ou será esta outra?"

Maria, orgulhosa, segurava o filhinho mais fraco. O outro dormia tranquilamente ali perto. Os astrólogos prestaram tributos ao bebê nos braços da mãe e abriram suas arcas do tesouro e lhe deram presentes: ouro, incenso e mirra.

"Vindes da parte de Herodes, foi o que dissestes?", perguntou José.

"Ah, sim. O rei quer que voltemos para dizer a ele onde vos encontrar, para que possa assegurar-se de que a criança estará a salvo."

"Se estivesse em vosso lugar", respondeu José, "iria diretamente para casa. O rei é imprevisível, como bem sabeis. Pode colocar na cabeça que deveis ser punidos. Levaremos a criança até ele no tempo devido, não vos preocupeis."

Os astrólogos pensaram que aquele era um bom conselho e tomaram seu rumo. Enquanto isso, José recolheu apressado os pertences da família e partiu naquela mesma noite com Maria e as crianças para o Egito, pois conhecia o temperamento instável de Herodes e tinha receio do que faria o rei.

A morte de Zacarias

Ele tinha razão em proceder daquele modo. Quando Herodes se deu conta de que os astrólogos não retornariam, ficou enfurecido e ordenou que todas as crianças com menos de dois anos em Belém e arredores fossem mortas de uma só vez.

Uma das crianças na idade era João, filho de Zacarias e Isabel. Assim que os dois souberam do plano de Herodes, Isabel levou o menino para as montanhas, onde procurou um esconderijo. Mas, como era velha, não conseguiu ir muito longe e, em seu desespero, gritou: "Oh, monte santo de Deus, proteja esta mãe e seu filho!".

Na mesma hora a montanha se abriu e lhe ofereceu uma caverna onde se esconder.

E assim ela e a criança ficaram a salvo, mas Zacarias estava em dificuldades. Herodes sabia que havia pouco tempo Zacarias se tornara pai e o procurou.

"Onde está teu filho? Onde o escondeste?"

"Sou um sacerdote ocupado, Vossa Majestade! Dedico

todo meu tempo a cuidar deste templo! Tomar conta de crianças é trabalho para mulheres. Não sei onde pode estar meu filho."

"Previno-te a falar a verdade! Posso mandar derramar teu sangue, se assim quiser."

"Se derramardes meu sangue, serei um mártir do Senhor", respondeu Zacarias, o que se comprovou verdadeiro, pois ele foi morto ali mesmo, e naquela hora.

A infância de Jesus

Nesse meio-tempo, José e Maria decidiam que nomes dar aos filhos. O primogênito deveria se chamar Jesus, mas como batizar o outro, o favorito de Maria? Por fim lhe deram um nome comum, mas, em vista do que haviam dito os pastores, Maria sempre o chamou de Cristo, Messias em grego. Jesus era um bebê forte e cheio de vida, mas Cristo com frequência ficava doente, e Maria se preocupava com ele e lhe reservava as mantas mais quentes e deixava que chupasse a ponta de seu dedo lambuzada em mel para que parasse de chorar.

Não muito tempo depois de terem chegado ao Egito, José soube que o rei Herodes morrera. Era seguro voltar à Palestina, e então eles partiram novamente para a casa de José em Nazaré, na Galileia. Ali cresceram as crianças.

E à medida que o tempo passava mais crianças vinham se juntar aos dois primeiros, outros irmãos, e irmãs também. Maria amava a todas elas, mas não igualmente. O pequeno Cristo, parecia-lhe, necessitava de cuidados especiais. Enquanto Jesus e os demais eram ruidosos e brincavam juntos com estardalhaço, metendo-se em travessuras, roubando frutas, gritando nomes feios para logo sair correndo, arrumando brigas, atirando pedras, espalhando lama nas paredes das casas, caçando pardais, Cristo se agarrava à saia da mãe e passava horas lendo e orando.

Certa vez Maria foi à casa de um vizinho que era tintureiro. Jesus e Cristo a acompanharam e, enquanto ela conversava com o homem, com Cristo ali por perto, Jesus foi até a oficina de tinturaria. Olhou para todos aqueles vasos com tintas de diversas cores, mergulhou em cada um deles um dedo, que depois limpou na pilha de tecidos pronta para ser tingida. Então, pensando que o tintureiro perceberia o que fizera e ficaria furioso com ele, mergulhou a pilha toda no vaso que continha a tinta preta.

Voltou à sala onde a mãe conversava com o tintureiro, e ao vê-lo Cristo disse: "Mamãe, Jesus fez coisa errada".

Jesus colocara as mãos atrás do corpo.

"Mostra tuas mãos", disse Maria.

Ele as tirou das costas para exibi-las. Estavam coloridas de preto, vermelho, amarelo, violeta e azul.

"O que andaste aprontando?", ela perguntou.

Alarmado, o tintureiro correu para a oficina. Pendendo da borda do vaso com a tinta preta, jazia um monte desarrumado de tecidos com manchas e nódoas de preto e de outras cores também.

"Ah, não! Olha o que fez esse moleque!", ele berrou. "Esse tecido todo, isso vai me custar uma fortuna!"

"Jesus, mau menino!", disse Maria. "Veja, destruíste todo o trabalho deste homem! Teremos de pagar o prejuízo. Como faremos?"

"Mas pensei que estava ajudando", falou Jesus.

"Mamãe", disse Cristo, "posso dar um jeito nisso."

E ele tomou da ponta de um tecido e perguntou ao tintureiro:

"De que cor deveria ser este, senhor?"

"Vermelho", respondeu o tintureiro.

E o menino puxou o tecido para fora do vaso e era inteiro vermelho. Então foi puxando um a um dos que ali estavam, sempre perguntando ao homem de que cor deveriam ser, e assim iam se transformando: cada peça perfeitamente tingida conforme os pedidos dos clientes.

O tintureiro ficou maravilhado, e Maria abraçou o menino Cristo e o cobriu de beijos e mais beijos, tomada de júbilo pela bondade do pequeno.

Em outra ocasião, Jesus brincava na parte rasa de um córrego, moldando pequenos pardais com argila e enfileirando-os. Um judeu devoto que passava por ali viu o que ele fazia e foi contar a José.

"Teu filho desrespeita o Shabat!", ele disse. "Sabes o que ele está fazendo junto ao córrego? Devias educar tuas crianças!"

José correu para ver o que Jesus fazia. Cristo, ouvindo os gritos do homem, seguiu o pai. Outras pessoas, ao perceber a comoção, também seguiram José. Chegaram ao córrego no momento em que Jesus terminava de modelar o décimo segundo pardal.

"Jesus!", disse José. "Para já com isso! Tu sabes que hoje é Shabat!"

Preparavam a punição a Jesus, mas Cristo bateu palmas e, assim que o fez, os pardais ganharam vida e voaram. O povo se espantou.

"Não queria ver meu irmão encrencado", explicou Cristo. "Ele é um bom menino, de verdade."

E todos os adultos se encheram de admiração. O pequeno era tão modesto e solícito, tão diferente do irmão. Mas as crianças do vilarejo preferiam Jesus.

A visita a Jerusalém

Quando os gêmeos tinham doze anos, José e Maria os levaram a Jerusalém para a festa do Pessach. Viajaram na companhia de outras famílias, e havia muitos adultos para vigiar as crianças. Depois das festividades, quando todos se reuniam para partir, Maria se certificou de que Cristo estava com ela e lhe disse:

"Onde está Jesus? Não o vejo em parte alguma."

"Acho que está com a família de Zaqueu", Cristo falou. "Ele estava brincando com Simão e Judas. Disse que voltaria para casa com eles."

E assim partiram, e Maria e José não mais pensaram nele, julgando-o a salvo com a outra família. Mas, à hora do jantar, Maria mandou Cristo até onde estava a família de Zaqueu para chamar Jesus, e Cristo voltou alvoroçado e nervoso.

"Ele não está lá! Disse que ia brincar com eles, mas não foi! Não sabcm dele!"

Maria e José o procuraram entre parentes e amigos

e perguntaram a todos os grupos de viajantes se haviam visto Jesus, mas ninguém sabia onde ele estava. Um dizia que o tinha visto pela última vez brincando do lado de fora do templo, outro, que o havia escutado dizer que iria ao mercado, e mais um, que tinha certeza de que estava com Tomé, ou Saulo, ou Jacó. Por fim, José e Maria tiveram de se resignar com a ideia de que Jesus fora deixado para trás e juntaram seus pertences e partiram de volta na direção de Jerusalém. Cristo ia montado no jumento, pois Maria temia que ele se cansasse.

Procuraram cidade adentro por três dias, mas Jesus não estava em lugar nenhum. Finalmente, Cristo falou: "Mamãe, não deveríamos ir ao templo e orar por ele?".

Como já haviam procurado por toda parte, acharam que deviam tentar aquilo mesmo. E, assim que adentraram o templo, ouviram uma comoção.

"É ele", disse José.

E era, claro. Os sacerdotes tinham flagrado Jesus pichando o próprio nome com barro na parede do templo e estavam decidindo como puni-lo.

"É só barro!", ele dizia, esfregando a sujeira das mãos. "Assim que chover, sairá! Não me passaria pela cabeça causar estragos ao templo. Estava escrevendo meu nome lá na esperança de que Deus me enxergasse e se lembrasse de mim."

"Blasfemo!", disse um dos sacerdotes.

E teria batido em Jesus, mas Cristo se interpôs e falou.

"Por favor, senhor", disse, "meu irmão não é um blasfemo. Escrevia seu nome com lama de modo a expressar as palavras de Jó: 'Lembra-te de que me criaste a partir do barro; vais agora me fazer voltar ao pó?'."

"Pode até ser", disse outro sacerdote, "mas ele sabe muito

bem que fez coisa errada. Vede — tentou lavar as mãos e esconder a prova."

"Bem, é claro que tentou", respondeu Cristo. "Fez isso em cumprimento ao que disse Jeremias: 'Ainda que uses detergente e muio sabão, a tua maldade está gravada diante de ti'."

"Mas fugir da própria família!", Maria disse a Jesus. "Ficamos apavorados! Tanta coisa poderia ter te acontecido. Mas és tão egoísta, não sabes o que é pensar nos outros. Tua família nada significa para ti!"

Jesus baixou a cabeça. Mas Cristo falou:

"Não, mamãe, tenho certeza de que ele tinha boas intenções. E isso também foi profetizado. Ele o fez com o propósito de tornar verdadeiro o salmo que diz: 'Tenho suportado insultos e a humilhação me estampa o rosto. Tornai-me um estranho aos meus parentes e aos de minha mãe'."

Os sacerdotes e mestres do templo estavam espantados com o conhecimento do pequeno Cristo e louvavam-lhe a erudição e a rapidez de raciocínio. Tão boa fora sua argumentação que acabaram por liberar Jesus sem que fosse punido.

Mas, no caminho de volta a Nazaré, José falou em particular a Jesus: "O que te passou pela cabeça, aborrecer tua mãe daquela maneira? Sabes bem como o coração dela é fraco. Quase morreu de preocupação por ti".

"E tu, pai, te preocupaste?"

"Me preocupei por ela, e me preocupei por ti."

"Não precisavas te preocupar por mim. Eu estava bem a salvo."

José nada mais disse.

A vinda de João

O tempo passou e os dois meninos se tornaram homens. Jesus aprendeu a profissão de carpinteiro, enquanto Cristo passava todo o tempo na sinagoga, lendo as escrituras e discutindo seus significados com os mestres. Jesus nada sabia da vida de Cristo, mas este, de sua parte, era sempre atencioso e ansiava por demonstrar um interesse amistoso em relação ao trabalho do irmão.

"Precisamos de carpinteiros", dizia, convicto. "É um ramo nobre. Jesus está se saindo muito bem. Estará apto a se casar em breve, tenho certeza. Ele merece uma boa esposa e um lar."

Nesse tempo, o homem João, filho de Zacarias e Isabel, começara a pregar nos campos vizinhos ao Jordão, e impressionava o povo com sua doutrina sobre a necessidade do arrependimento e suas promessas de remissão dos pecados. Havia muitos pregadores errantes na Galileia e arredores; alguns eram bons homens, outros, perversos charlatães, e ainda havia os apenas loucos. João era diferente por sua simplicidade e retidão. Vivera algum tempo no deserto e se vestia parcamente e comia pouco. Inventara o rito do batismo para simbolizar a purificação dos pecados, e eram muitos os que vinham escutá-lo e ser batizados.

Entre os seus ouvintes havia alguns saduceus e fariseus, dois grupos rivais de mestres judeus. Discordavam entre si a respeito de inúmeras questões de doutrina, mas ambos eram grupos importantes e influentes.

João, porém, os tratava com escárnio.

"Raça de víboras! Fugis da ira que está para vir, não é? Faríeis melhor se começásseis a praticar algum bem neste mundo, melhor seria se começásseis a gerar algum fruto. O machado já está posto à raiz das árvores. Atentai, porque ele cortará toda árvore que não produzir bom fruto, e árvore como essa será lançada ao fogo."

"Mas que devemos fazer para sermos bons?", o povo lhe perguntava.

"Quando tiverdes dois casacos, dai um deles a quem não tenha nenhum. Se tiverdes mais comida do que necessitais, dividi com quem tenha fome."

Até mesmo alguns publicanos vinham ser batizados. Eram odiados pelo povo, pois todos se ressentiam por precisar dar dinheiro às forças de ocupação de Roma. Mas João não se recusava a atendê-los.

"Mestre, que devemos fazer?", perguntavam os publicanos.

"Tomai a quantia exata do imposto devido, nem um centavo a mais."

Alguns soldados também o procuravam.

"Poderias nos batizar? Dize o que precisamos fazer para sermos bons."

"Contentai-vos com o vosso soldo e a ninguém molesteis com extorsões e falsas denúncias."

João se tornara conhecido naquelas paragens pelo vigor de suas palavras tanto quanto pela cerimônia do batismo. Tinha dito algo, recentemente, que passara a ser muito comentado:

"Eu vos batizo com água, mas vem aquele que é muito mais forte do que eu. Não sou digno de desatar a correia de suas sandálias. Ele vos batizará com o Espírito Santo e com o fogo. Ele separará o joio do trigo; a pá já está em sua mão; limpará a sua eira e recolherá o trigo em seu celeiro, mas o joio ele o queimará num fogo inextinguível."

O batismo de Jesus

Rumores sobre a pregação de João chegaram a Nazaré, e Jesus estava curioso para ir até ele e escutá-lo. Partiu para o Jordão, onde, ouvira dizer, João estava pregando. Cristo foi também, mas os dois irmãos viajaram separados. Quando chegaram às margens do rio, juntaram-se à multidão que aguardava para ser imersa naquelas águas e assistiram às pessoas do povo que, uma a uma, desciam até onde estava o Batista, mergulhado até a cintura, trajando o manto de pelos de camelo que era sua única vestimenta.

Quando chegou a vez de Jesus, João recuou, recusando-se a batizá-lo.

"Deverias ser tu a batizar-me", ele disse.

Cristo, que observava da margem enquanto esperava sua vez, ouviu aquelas palavras com espanto.

"Não", respondeu Jesus. "Vim a ti. Faz somente o que deve ser feito, com correção."

Então João segurou Jesus e o mergulhou e o trouxe de volta à superfície.

Nesse momento, Cristo viu uma pomba voar sobre as cabeças dos dois e pousar numa árvore. Talvez fosse um presságio. Cristo se perguntou o que poderia significar aquilo, imaginando o que diria se uma voz lhe falasse dos céus.

A tentação de Jesus no deserto

Depois do batismo, Jesus e Cristo escutaram a pregação de João, que causou forte impressão a ambos. Na verdade, Jesus ficou tão impressionado com a personalidade e com as palavras do Batista que decidiu abandonar a profissão de carpinteiro e ir para o deserto, como fizera o próprio João, para ver se ele também conseguiria ouvir a palavra de Deus. Então partiu, sozinho, rumo ao deserto, vagando de uma localidade a outra, comendo pouco e dormindo sobre o chão nu.

Nesse tempo, Cristo retornou a casa em Nazaré e contou a Maria sobre o batismo e falou a ela sobre a pomba, também.

"Voou bem acima da minha cabeça, mãe. E pensei ouvir uma voz que me falava dos céus. Era a voz de Deus e falava comigo — tenho certeza."

"Claro que era, querido! Foi teu batismo especial."

"A senhora acha que eu deveria ir contar a Jesus?"

"Se assim desejares, querido. Se achares que ele te dará ouvidos."

Então Cristo partiu e, quarenta dias depois de Jesus ter adentrado o deserto, encontrou o irmão ajoelhado no leito seco de um rio, orando. Cristo observou e esperou, pensando no que ia dizer, e quando Jesus terminou e foi se deitar à sombra de uma rocha, aproximou-se para lhe falar.

"Jesus, já ouviste a palavra de Deus?"

"Por que queres saber?"

"Porque aconteceu uma coisa enquanto tu eras batizado. Vi os céus se abrirem sobre ti e uma pomba descer e circular sobre tua cabeça e ouvi uma voz que dizia: 'Este é o meu filho amado'."

Jesus não disse nada. Cristo falou:

"Não acreditas em mim?"

"Não. Claro que não."

"É evidente que Deus te escolheu para algo especial. Lembra-te do que disse o próprio Batista."

"Ele se enganou."

"Não, tenho certeza de que não estava enganado. Tu és popular, as pessoas gostam de ti, escutam o que dizes. És um bom homem. Inflamado e impulsivo, e essas são qualidades superiores, desde que temperadas pelo costume e pela autoridade. Tu poderias ser muito influente. Seria uma pena não usá-lo para o bem. O Batista concordaria comigo, tenho certeza."

"Vai-te embora."

"Sei o que é, estás cansado e faminto depois de todo esse tempo no deserto. Se és o filho de Deus, como falou a voz que eu ouvi, poderias ordenar que estas pedras se transformassem em pães, e assim teria de ser, e então poderias comer tanto quanto quisesse."

"Ah, tu achas? Conheço as escrituras, seu infame. 'Não só de pão vive o homem, mas de toda palavra que sai da boca de Deus.' Esqueceste disso? Ou pensaste que eu esqueci?"

"Não acho, claro, que esqueceste tuas lições", Cristo falou. "Eras tão inteligente quanto qualquer outro da classe. Mas pensa no bem que poderias fazer alimentando os famintos! Se te pedissem comida, poderias lhes dar uma pedra e ela se transformaria em pão! Pensa nos que têm fome, pensa na miséria da escassez de comida, pensa na amargura da pobreza e no horror de uma colheita fracassada! E tu tens necessidade de comida tanto quanto os pobres. Se fores realizar a obra que Deus tão evidentemente quer que realizes, não poderá, para isso, estar faminto."

"A ti não ocorreu, percebo, trazer-me um pedaço de pão. Seria mais útil do que dar sermão."

"Há o pão do corpo e há o pão do espírito", começou Cristo a dizer, mas Jesus lhe atirou uma pedra e ele se afastou um pouco.

Prontamente voltou a falar.

"Jesus, não te zangues comigo. Ouve-me apenas. Sei que queres fazer o bem, sei que queres ajudar as pessoas. Sei que queres fazer a vontade de Deus. Mas deves levar em conta a influência que podes ter — influência sobre as pessoas comuns, simples, ignorantes. Elas podem ser conduzidas ao bem, mas precisam de sinais e assombros. Precisam de milagres. Belas palavras convencem a mente, mas milagres falam diretamente ao coração e à alma. Não desprezes o potencial que Deus nos deu por natureza. Se uma pessoa do povo visse pedras se transformando em pães, ou doentes sendo curados, isso lhe causaria tamanha impressão que seria capaz de mudar-lhe a vida. Acreditaria em qualquer coisa que tu dissesses dali em diante. Seguiria teus passos até o fim do mundo."

"Pensas que a palavra de Deus pode ser transmitida com alguns truques?"

"Estás sendo duro demais. Milagres sempre fizeram parte das estratégias de convencimento do Senhor. Lembra--te de Moisés conduzindo seu povo pelo mar Vermelho. De Elias, que ressuscitou o filho da viúva. Da pobre mulher cujos credores lhe demandavam que pagasse as dívidas, e de Eliseu a dizer-lhe que vertesse seu único jarro de óleo em vários outros, vazios, que então se encheram e ela pôde vendê-los e quitar seus débitos. Ao exibir ao povo milagres como esses, nós o colocamos face a face com o poder da bondade de Deus, e o fazemos com vívida objetividade, de modo que seus corações simples vejam, entendam e creiam de imediato."

"Insistes em dizer 'nós'", falou Jesus. "És tu um desses milagreiros, então?"

"Sozinho, não, mas tu e eu juntos!"

"Jamais."

"Mas pensa no efeito que causarias se alguém subisse ao alto do templo e se lançasse ao ar, acreditando que Deus, como está dito nos salmos, mandaria anjos para amparar--lhe a queda. 'Ele ordenou aos seus anjos que te guardem aonde quer que vás, e eles te levarão nos braços e não permitirão que tropeces em alguma pedra.' Imagine só..."

"Isso é tudo o que aprendeste das escrituras? Armar um espetáculo para impressionar os crédulos? Farias melhor se esquecesses essas ideias e te concentrasses no real significado das coisas. Lembra-te do que dizem as escrituras: 'Não porás à prova o Senhor teu Deus'."

"E qual é o real significado das coisas, então?"

"Deus nos ama como pai e seu Reino está próximo."

Cristo se aproximou um pouco.

"Mas é exatamente isso que podemos demonstrar com milagres", ele disse. "E o Reino será um teste para nós, tenho certeza: precisamos favorecer sua vinda. Claro, Deus poderia erguer um dedo e no ato tudo aconteceria. Mas pensa no quanto seria melhor se o caminho fosse preparado por homens como o Batista, por homens como tu — pensa nas vantagens de haver uma congregação de fiéis já constituída, uma estrutura, uma organização já em funcionamento. Vejo com tanta clareza, Jesus! Vejo o mundo todo unido nesse Reino dos crentes — pensa nisso! Em cada vilarejo ou cidade, algumas famílias reunidas em louvação em torno de um sacerdote, uma associação de grupos locais sob a direção e os auspícios de um velho sábio da região, todos os líderes regionais respondendo à autoridade de um dirigente supremo, uma espécie de regente de Deus na Terra! E haveria conselhos de estudiosos para discutir e entrar em acordo sobre detalhes dos rituais e da celebração e, mais importante, para legislar sobre os meandros da fé, sobre em que acreditar e do que manter distância. Posso vislumbrar os príncipes das nações — vejo o próprio César tendo de se curvar a essa organização e prestar obediência ao Reino de Deus instalado neste mundo. E vejo as leis e as proclamações alcançando, a partir desse centro, os confins mais distantes da terra. Vejo o bem sendo recompensado e o mal, punido. Vejo missionários levando a palavra de Deus aos recantos mais obscuros e ignorantes, para que cada homem e cada mulher e cada criança sejam trazidos ao seio da grande família de Deus — sim, gentios e judeus. Vejo toda dúvida subjugada, vejo todo dissenso superado, vejo os rostos radiantes dos fiéis, por toda parte, mirando as alturas em adoração. Vejo a majestade e o esplendor dos grandes templos, os pátios e os palácios devotados à glória do Senhor, e vejo toda essa maravilhosa criação a perdurar por gerações e gerações e por milhares e milhares de anos! Não é uma perspectiva maravilhosa, Jesus? Não é algo pelo qual doar cada gota de sangue em nossos corpos? Não te unirás a mim nesse propósito? Não tomarás parte nesta que é a mais deslumbrante das obras, ajudando a trazer o Reino de Deus à Terra?"

Jesus olhou para o irmão.

"És um fantasma", ele disse, "sombra de homem. Cada gota de sangue em nossos corpos? Não tens sangue nenhum; oferecerias, isso sim, o meu sangue para realizar esse teu plano. O que descreves soa como obra de Satã. Deus nos trará seu Reino à sua própria maneira e quando decidir. Pensas que essa tua bendita organização sequer reconheceria o Reino quando viesse? Tolo! O Reino de Deus adentraria esses magníficos pátios e palácios de que falas como um pobre andarilho com os pés empoeirados. Os guardas notariam sua presença de imediato, pediriam seus documentos, bateriam nele e o atirariam na rua. 'Toma teu rumo', diriam, 'aqui não é teu lugar.'"

"Sinto muito que vejas as coisas dessa forma", Cristo falou. "Mas quiçá eu possa convencê-lo do contrário. É exatamente essa paixão, esse impecável senso moral, essa tua pureza que nos seriam tão úteis. Sei que de imediato tomaremos contato com coisas erradas. E não virias ajudar a consertá-las? Não há ninguém melhor do que tu, entre os vivos, para nos guiar. Não é melhor fazer algumas concessões, participar e melhorar alguma coisa, do que ficar de fora, limitando-se à crítica, sem nada fazer?"

"Um dia alguém te dirá essas mesmas palavras e sentirás as entranhas em convulsão de enjoo e vergonha. Agora me deixa em paz. Louvar a Deus — essa é a única tarefa em que precisas pensar."

Cristo deixou Jesus no deserto e retornou a casa em Nazaré.

José saúda seu filho

José estava muito velho a esse tempo. Quando viu Cristo de retorno, confundiu-o com seu primogênito e, com dificuldade, levantou-se para abraçá-lo.

"Jesus!", ele disse. "Meu menino querido! Onde estiveste? Senti tanto a tua falta! Fizeste mal em partir assim sem me avisar!"

Cristo falou: "Não sou Jesus, pai, sou eu, Cristo, teu filho".

José recuou e disse: "Mas onde está Jesus? Sinto falta dele. Acho uma pena ele não estar aqui. Por que foi embora?".

"Ele está no deserto, fazendo o que bem quer", respondeu Cristo.

José ficou triste, pois pensou que talvez jamais voltasse a ver Jesus. O deserto era um lugar cheio de perigos; tanta coisa poderia lhe acontecer naquele lugar.

Mas, pouco depois, José ouviu no vilarejo um rumor de que Jesus tinha sido visto voltando para casa e ordenou que se preparasse um grande banquete para celebrar sua volta. Cristo estava na sinagoga quando soube disso e se apressou em repreender o pai.

"Pai, por que preparas um banquete para Jesus? Permaneci em casa o tempo todo, jamais transgredi um só dos teus mandamentos, e nunca me ofereceste um banquete. Jesus partiu sem aviso, deixando-te trabalho por fazer, não pensa na família nem em ninguém mais."

"Bem, filho, estás sempre comigo", disse José. "E tudo que é meu é teu. Mas, quando alguém retorna a casa depois de ter estado tão longe, é correto e é justo que se prepare um banquete em celebração."

E, quando Jesus estava ainda ao longe, José correu a saudá-lo. Lançou-se-lhe ao pescoço e cobriu-o de beijos. Jesus se comoveu com o gesto do velho e disse:

"Pai, pequei contra ti; fiz mal em partir sem aviso. Não sou digno de ser chamado teu filho."

E José o beijou novamente e o envolveu numa túnica limpa e o conduziu ao banquete. Cristo saudou calorosamente o irmão, mas Jesus olhou para ele como se soubesse exatamente o que Cristo dissera ao pai. Ninguém mais tinha ouvido, e ninguém viu o olhar trocado pelos dois.

Jesus inicia seu ministério

Não muito tempo depois correu a notícia de que João Batista fora preso por ordem do rei Herodes Antipas, filho do Herodes que ordenara o massacre das crianças em Belém. O rei havia raptado a esposa de seu irmão Filipe e se casado com ela, desafiando a lei de Moisés, e João lhe dirigira ousadas críticas. O rei ficou furioso e mandou prendê-lo.

Aquilo pareceu a Jesus um sinal, e ele imediatamente começou a pregar e a ensinar em Cafarnaum e nos vilarejos próximos ao mar da Galileia. Assim como fizera João, ele exortava as pessoas a se arrependerem de seus pecados e lhes dizia que o Reino de Deus estava muito próximo e logo viria. Muitos se impressionavam com suas palavras, mas alguns o viam como imprudente, pois as autoridades romanas não ficariam satisfeitas ao ouvirem tal pregação inflamada, tampouco os líderes dos judeus gostariam daquilo.

E logo Jesus começou a atrair seguidores. Certo dia, ao caminhar na orla do lago, parou para conversar com dois irmãos, Pedro e André, que lançavam sua rede às águas.

"Segui-me", ele disse, "e ajudai-me a pescar homens e mulheres em vez de peixes."

Vendo esses dois partirem com Jesus, outros pescadores, de nome Tiago e João, filhos de Zebedeu, deixaram o pai para segui-lo também.

Em pouco tempo Jesus ganhara fama na região não apenas por suas palavras, mas também pelos notáveis eventos que, dizia-se, tinham lugar aonde quer que fosse. Por exemplo, no dia em que foi à casa de Pedro, cuja sogra ali se encontrava doente, com febre. Jesus entrou para lhe falar e logo ela se sentiu bem e se levantou para servir a todos uma refeição. Isso foi considerado um milagre.

Em outra ocasião, ele estava na sinagoga em Cafarnaum, no Shabat, quando um homem começou a gritar: "Por que vieste, Jesus de Nazaré? O que pensas que estás fazendo? Deixa-nos em paz! Vieste para arruinar-nos? Sei quem tu és! Anuncia-te como o Santo de Deus — é isso o que és? É isso?"

O homem era um obcecado inofensivo, uma dessas pobres criaturas que berram e gritam por razões que elas mesmas não compreendem, e que ouvem vozes e falam a pessoas que ali não estão.

Jesus olhou para ele calmamente e disse: "Podes te aquietar agora. Ele já se foi".

O homem se calou e permaneceu desconcertado no mesmo lugar, como se tivesse acabado de acordar e se descobrisse no meio de toda aquela gente. Depois disso, não mais gritou, e o povo comentava que era porque Jesus o havia exorcizado e expulsado dele um demônio. E assim histórias começaram a se espalhar. As pessoas diziam que ele era capaz de curar qualquer tipo de doença, e que ao falar afugentava espíritos malignos.

Quando voltou a Nazaré, foi à sinagoga no Shabat, como era seu costume. Levantou-se para fazer a leitura e lhe foi entregue o rolo contendo o livro do profeta Isaías.

"Não é este o filho de José, o carpinteiro?", alguém sussurrou.

"Ouvi dizer que anda pregando nos arredores de Cafarnaum e que opera milagres", cochichou outro.

"Se é de Nazaré, por que vai a Cafarnaum operar seus milagres?", emendou baixinho um terceiro. "Faria melhor se aqui permanecesse e algum bem fizesse ao vilarejo onde nasceu."

Jesus leu as palavras de um e outro trecho do livro:

"O Espírito do Senhor desce sobre mim, para me ungir e levar boa-nova aos pobres.

"Fui enviado para anunciar a liberdade aos cativos e a cura da visão aos cegos, para libertar os oprimidos,

"E para anunciar o ano da graça de Nosso Senhor."

Devolveu o rolo. Todos os olhares estavam sobre ele, pois ansiavam por saber o que diria.

"Quereis um profeta", ele disse. "Mais do que isso: quereis um milagreiro. Eu ouvi os sussurros que percorreram a sinagoga quando me levantei. Quereis que eu faça aqui as coisas que ouvistes sobre Cafarnaum — bem, ouvi tais rumores eu mesmo, e tenho o bom senso de não acreditar neles. Deveríeis refletir um pouco mais. Alguns de vós sabem quem sou: Jesus, filho de José, o carpinteiro, e foi neste vilarejo que nasci. Quando um profeta foi bem recebido em sua pátria? Atentai, se pensais que mereceis ganhar milagres pelo que sois: quando em Israel houve fome e por três anos nem uma gota de chuva caiu do céu, a quem o profeta Elias ajudou, sob ordens de Deus? Uma viúva israelita? Não, uma viúva de Sarepta, na região da

Sidônia. Uma estrangeira. E mais: havia igualmente muitos leprosos em Israel no tempo de Eliseu? Muitos. E quem por ele foi curado? O sírio Naamã. Pensais que, sendo vós quem *sois*, isso é o bastante? Seria melhor que começásseis a atentar ao que *fazeis*."

Cristo ouviu cada palavra do que seu irmão dissera e, observando cuidadosamente as pessoas, não se surpreendeu quando uma enorme onda de fúria tomou corpo entre elas. Sabia que aquelas palavras as provocariam; era sobre isso, exatamente, que alertaria Jesus, se ele o consultasse. Aquilo não era jeito de transmitir uma mensagem.

"Quem esse homem pensa que é?", disse um.

"Como ousa vir aqui e nos falar dessa maneira?", completou outro.

"Isso é um escândalo!", falou um terceiro. "Não deveríamos ser obrigados a escutar esse homem a desdenhar de seu próprio povo em plena sinagoga!"

E, antes que Jesus pudesse dizer qualquer coisa mais, eles se levantaram e o agarraram. Arrastaram-no até o cimo da colina que se erguia sobre a cidade e o teriam precipitado lá do alto; mas, em meio à confusão e à luta — pois alguns dos amigos e seguidores de Jesus também estavam presentes e enfrentaram o pessoal do vilarejo —, Jesus conseguiu escapar ileso.

Mas Cristo tinha assistido a tudo e refletia sobre o significado do que vira. Aonde quer que Jesus fosse havia alvoroço, entusiasmo, e perigo também. Certamente as autoridades não demorariam a perceber.

O desconhecido

Eis que nesse tempo um desconhecido apareceu a Cristo e lhe falou em particular.

"Estou interessado em ti", ele disse. "Teu irmão tem atraído toda a atenção, mas acho que é contigo que devo falar."

"Quem és tu?", perguntou Cristo. "E como me conheces? Ao contrário de Jesus, nunca me pronunciei em público."

"Ouvi uma história a respeito do teu nascimento. Uns pastores tiveram uma visão que os levou a ti e uns magos do Oriente vieram presentear-te. Não foi assim?"

"Foi, sim", Cristo falou.

"E conversei com tua mãe ontem e ela me contou sobre o acontecido quando João batizava Jesus. Ouviste uma voz que vinha de uma nuvem."

"Minha mãe não deveria ter comentado", disse Cristo, com modéstia.

"E há alguns anos ludibriaste os sacerdotes do templo

de Jerusalém quando teu irmão se meteu em encrenca. As pessoas se recordam dessas coisas."

"Mas... quem és? E o que queres?"

"Quero certificar-me de que receberás a recompensa que te é de direito. Quero que o mundo conheça teu nome tanto quanto conhece o de Jesus. Na verdade, quero que teu nome brilhe com mais esplendor ainda. Ele é um homem, e somente um homem, mas tu és a palavra de Deus."

"Não conheço tal expressão, a palavra de Deus. O que significa? E insisto: quem é o senhor?"

"Existe o tempo e existe o que está além do tempo. Existe a escuridão e existe a luz. Existem o mundo e a carne e existe Deus. São coisas separadas por um abismo mais fundo do que qualquer homem seria capaz de medir, e que homem nenhum é capaz de transpor; mas a palavra de Deus pode vir de Deus para o mundo e a carne, da luz para a escuridão, do que está além do tempo para o tempo. Agora preciso ir embora, e tu deves observar e esperar, mas tornarei a ti."

E se foi. Cristo não descobrira seu nome, mas o desconhecido lhe havia falado com tamanha sabedoria e clarividência que ele soube, sem precisar perguntar, que se tratava de um importante mestre, sem dúvida um sacerdote, talvez oriundo da própria Jerusalém. Afinal, tinha mencionado o incidente no templo, e de que outra forma poderia ter ouvido aquela história?

Jesus e o vinho

Depois de ter sido expulso da sinagoga, Jesus passou a se deparar com multidões que o seguiam aonde quer que fosse. Alguns diziam que suas palavras eram prova de que perdera o juízo, e seus familiares tentaram lhe falar para contê-lo, pois se preocupavam com o que ele faria.

Mas Jesus não lhes deu ouvidos. Certa vez, num casamento no povoado de Caná, sua mãe lhe disse: "Eles não têm mais vinho".

Jesus respondeu: "E que tem isso a ver comigo, ou contigo? És como meu irmão, que pretendes ver-me operar um milagre?".

Maria não soube como responder, então disse simplesmente aos serventes: "Fazei tudo o que ele vos disser".

Jesus chamou de canto o mestre-sala e lhe falou, e em seguida os serventes descobriram que ainda havia vinho. Alguns disseram que Jesus, com um passe de mágica, fizera aparecer a bebida a partir de talhas d'água, mas outros afirmaram que o mestre-sala escondera o vinho, esperando poder vendê-lo, e Jesus o constrangera em sua desonestidade; e outros ainda se lembraram tão somente do modo agressivo como Jesus se dirigira à mãe.

Em outra ocasião, enquanto falava a um grupo de estranhos, alguém se aproximou e lhe disse: "Tua mãe e teus irmãos e irmãs estão lá fora e te procuram".

Jesus respondeu: "Eis a minha mãe e os meus irmãos e irmãs, aqui, bem à minha frente. Não tenho família exceto por aqueles que fazem a vontade de Deus, e quem fizer a vontade de Deus, esse é meu irmão, irmã e mãe".

Sua família, sabendo do que ele dissera, ficou consternada. Aquilo veio apenas somar-se ao escândalo que começava a ser associado a seu nome e, claro, deu ao povo mais motivos para espalhar histórias.

Jesus tinha consciência de que as pessoas comentavam a seu respeito e tentava desencorajá-las. Certa vez, um homem com a pele coberta de furúnculos e feridas purulentas veio falar-lhe em particular e disse: "Senhor, se quiseres, podes curar minha doença".

O procedimento normal para purificação de um leproso (como eram comumente chamados os que sofriam de doenças de pele) era demorado e caro. Aquele homem podia estar simplesmente querendo evitar a despesa, mas Jesus viu a confiança em seus olhos e o abraçou e beijou sua face. E de imediato o homem se sentiu melhor. Cristo, que se encontrava ali por perto, foi a única pessoa a presenciar a cena e viu com assombro o gesto de Jesus.

"Agora vai ao sacerdote, como ordenou Moisés", disse Jesus ao leproso, "e apanha com ele teu certificado de purificação. Mas não digas nada a ninguém sobre o acontecido aqui, estás me ouvindo?"

O homem, porém, o desobedeceu e contou sobre a

cura a todos que encontrava. Isso, naturalmente, aumentou a demanda por Jesus e, aonde quer que fosse, as pessoas vinham a ele tanto para ouvi-lo pregar quanto para serem curadas de suas doenças.

Jesus escandaliza os escribas

Os mestres locais e legistas da religião, chamados escribas, que se alarmavam com a fama de Jesus, decidiram que precisavam tomar providências a respeito, e então passaram a comparecer às pregações dele. Numa dessas ocasiões, a casa em que Jesus pregava estava cheia, e alguns homens que haviam levado um amigo paralítico até o local, na esperança de que Jesus o curasse, viram que não conseguiriam entrar pela porta; assim, carregaram-no para o telhado, removeram o reboco e as vigas e, sobre uma esteira, baixaram o paralítico bem à frente de onde estava Jesus.

Jesus viu que o homem e seus amigos tinham vindo de boa-fé e com honesta esperança, e que a multidão estava alvoroçada e tensa de expectativa. Conhecendo o efeito que causaria, disse ao paralítico: "Homem, teus pecados estão perdoados".

Os escribas — legistas do povoado, a maioria sem grandes talentos ou cultura — disseram uns aos outros:

"Isso é blasfêmia! Somente Deus pode perdoar os pecados. Esse homem está procurando encrenca!".

Jesus percebeu que cochichavam e soube o que diziam, então os desafiou.

"Por que não vos pronunciais?", falou. "Dizei: qual dessas afirmações é a mais fácil: 'Teus pecados estão perdoados', ou 'Toma da tua esteira e anda'?"

Os escribas caíram na armadilha que ele lhes preparava e responderam: "'Teus pecados estão perdoados', é claro".

"Muito bem", disse Jesus e, virando-se para o paralítico, falou: "Agora, toma da tua esteira e anda."

O homem se sentiu tão revigorado e inspirado pela atmosfera criada por Jesus que viu que era capaz de se mover. Fez exatamente o que Jesus lhe ordenara: ergueu-se, apanhou a esteira e foi encontrar os amigos do lado de fora. O povo mal podia acreditar no que acabara de ver, e os escribas ficaram perplexos.

Logo depois, encontraram mais um motivo para se escandalizar. Jesus passava diante de um posto de coleta de impostos, certo dia, e parou para conversar com um publicano de nome Mateus. Assim como procedera antes com os pescadores Pedro e André e com Tiago e João, filhos de Zebedeu, Jesus disse a Mateus: "Vem e me segue".

De imediato, Mateus abandonou suas moedas, seu ábaco, seus arquivos e registros e se levantou, pronto para partir. Para marcar o início de sua vocação como seguidor de Jesus, ofereceu a ele e aos demais discípulos um jantar, para o qual convidou também muitos de seus antigos colegas do departamento de coletas. Esse foi o escândalo: os escribas que souberam da história mal podiam acreditar que um mestre judeu, um homem que falava na sinagoga, compartilhasse uma refeição com publicanos.

"Por que ele está fazendo isso?", perguntaram a alguns dos discípulos. "Somos obrigados a conversar com eles de tempos em tempos, mas sentar-se à mesa para comer com essa gente?"

Jesus não teve dificuldades para responder à acusação. "Não são os que têm saúde que precisam de médico, e sim os doentes", ele disse. "E chamar os justos não é necessário. Com efeito, vim para falar aos pecadores."

Cristo, como era de esperar, acompanhava tudo com grande interesse. Em obediência ao que lhe instruíra o desconhecido, tinha o cuidado de nunca chamar a atenção sobre si, mas permanecera em Nazaré, vivendo com discrição, o que para ele não era difícil; embora, é claro, se parecesse com o irmão, era o tipo de rosto que raramente se guarda, e sua atitude era sempre modesta e reclusa.

Cuidava, porém, de escutar todos os relatos que chegavam à família sobre o que fazia Jesus. Era um tempo em que a sensibilidade política na Galileia beirava a revolta; grupos como o dos zelotes começavam a exortar os judeus a uma resistência mais ativa contra os romanos, e Cristo se inquietava que seu irmão pudesse atrair os olhares errados e se tornar alvo das autoridades.

E esperava dia após dia na esperança de voltar a encontrar o desconhecido, para saber mais sobre sua missão como a palavra de Deus.

Jesus prega na montanha

Certo dia, Jesus se deparou com uma grande multidão que viera de muito longe: somada àqueles oriundos da Galileia, havia gente das terras de além do Jordão, da Decápole, de Jerusalém e da Judeia. Para que todos ouvissem sua pregação, Jesus subia montanhas e era seguido pelos discípulos e pelo povo. Cristo se misturava à massa e ninguém sabia quem ele era, pois ali só havia pessoas de fora da região. Carregava consigo uma tabuinha e um estilete, que usava para tomar notas do que Jesus dizia.

Quando tivesse alcançado um ponto privilegiado na elevação do terreno, Jesus começava a pregar.

"De que fala minha pregação?", ele disse. "Do Reino de Deus, é disso que vos falo. Está chegando, amigos, está a caminho. E hoje venho anunciar quem de vós será recebido no Reino e quem não será, então prestai atenção. Eis a diferença entre a bênção e a maldição. Não ignoreis, pois, o que agora vos digo. É algo muito importante o que está em jogo.

"Então comecemos: felizes serão os pobres. Aqueles que hoje nada têm, em breve herdarão o Reino de Deus. "Felizes os famintos. No Reino, eles se fartarão de boa comida; nunca mais terão fome.

"Felizes os aflitos; felizes os que agora choram porque, quando vier o Reino, serão consolados e se regozijarão com riso e alegria.

"Felizes os escarnecidos e os odiados. Felizes os perseguidos e os injuriados e os difamados e os caluniados e os exilados. Lembrai-vos dos profetas, do quanto foram maltratados em seu tempo, e regozijai-vos se assim vos tratarem; porque, quando vier o Reino, vós vos rejubilareis, acreditai em mim.

"Felizes os misericordiosos, os bondosos e os mansos. São eles que herdarão a terra.

"Felizes os puros de coração e que não pensam mal dos outros.

"Felizes os que promovem a paz entre inimigos e os que resolvem dolorosas contendas. Eles serão chamados filhos de Deus.

"Mas atentai, e lembrai do que vos digo: haverá os que serão amaldiçoados, os que jamais herdarão o Reino de Deus. Quereis saber quem são eles? Ei-los:

"Amaldiçoados serão os ricos. Eles já tiveram todo o consolo que poderão alcançar.

"Amaldiçoados os que agora têm suas barrigas cheias. Eles sofrerão as angústias da fome para todo o sempre.

"Amaldiçoados os que olham despreocupados a miséria e a fome, e que viram as costas com riso nos lábios, esses serão amaldiçoados; terão muito do que se afligir e para sempre o que prantear.

"Amaldiçoados os tidos em boa consideração e louvados pelos poderosos, e os adulados e os bajulados, esses serão amaldiçoados. Não haverá lugar para eles no Reino."

O povo exultou com tais palavras e, chegando mais perto, aglomerou-se para escutar o que mais Jesus tinha a dizer.

Cristo é salvo pelo desconhecido

Mas, num canto da multidão, alguém reparou que Cristo anotava as palavras de Jesus e disse: "Um espião! Há aqui um espião dos romanos — vamos atirá-lo da montanha!".

Antes que Cristo pudesse se defender, outra voz, a seu lado, falou:

"Não, amigo, estás errado. Este homem é um de nós. Ele está registrando as palavras do mestre para que possa levar a mais gente a boa-nova."

O acusador de Cristo ficou convencido e se voltou novamente para onde estava Jesus para escutá-lo, logo se esquecendo de Cristo. Este viu que o homem que o defendera era ninguém menos do que o desconhecido, o sacerdote cujo nome não tinha ainda conseguido descobrir.

"Vem comigo um momento", disse o desconhecido.

Eles se afastaram da multidão e se sentaram à sombra de uma tamargueira.

"Estou fazendo certo?", perguntou Cristo. "Queria ter

certeza de que ouvi direito o que ele dizia, em caso de haver um julgamento mais tarde."

"É uma excelente ideia" disse o desconhecido. "Às vezes há o perigo de o povo interpretar mal as palavras de um orador popular. As declarações precisam ser editadas, seus significados, esclarecidos e suas complexidades, desvendadas para aqueles cuja compreensão é limitada. Na verdade, quero que continues, que mantenhas um registro de tudo que teu irmão disser, e recolherei esses teus relatos de tempos em tempos, de modo que possamos começar o trabalho de interpretação."

"Essas palavras pronunciadas por Jesus", Cristo falou, "podem incitar o povo, penso eu. Aquele homem imaginou que eu fosse um espião romano... Não seria surpresa se essa pregação acabasse por chamar a atenção dos romanos, não é?"

"Muito perspicaz tua observação", disse o desconhecido. "É exatamente isso o que precisamos ter em mente. Questões políticas são delicadas e perigosas, e é necessário ter nervos de aço e uma mente sutil para tratá-las de modo seguro. Tenho certeza de que podemos confiar em ti."

E, com um toque amistoso no ombro de Cristo, o desconhecido levantou-se e partiu. Havia uma dúzia de perguntas que Cristo queria lhe fazer, mas, antes que pudesse articular uma só palavra, o desconhecido já se embrenhara na multidão. Pelo jeito como falara de questões políticas, Cristo se perguntou se seu primeiro palpite não era o mais acertado: talvez aquele sacerdote não fosse apenas um sacerdote, mas também um membro do Sinédrio, o conselho que decidia sobre questões doutrinárias e legais entre os judeus, além de cuidar das relações entre judeus e romanos, e seus membros, claro, eram homens de grande sabedoria.

Jesus continua
o Sermão da Montanha

Cristo tomou de sua tabuinha e de seu estilete e foi procurar um lugar de onde pudesse escutar o que dizia o irmão. Aparentemente alguém havia pedido a Jesus que falasse da lei, e se ainda continuaria válida quando viesse o Reino de Deus.

"Não penseis que vos digo para abandonar a lei e os profetas", disse Jesus. "Não vim para revogá-los. Vim para dar-lhes pleno cumprimento. Em verdade vos digo: nem uma só palavra, nem uma só letra da lei será omitida até que passem o céu e a terra. Aquele que violar um só desses menores mandamentos, esteja alerta."

"Mas há uma diferença, não há, mestre?", alguém se manifestou. "Certamente que um pecado pequeno não é tão ruim quanto um pecado grande, não é?"

"Sabeis que há um mandamento contra matar. Mas qual é o limite? Diríeis que matar é errado, mas bater em alguém é um pouco menos errado, e somente ficar furioso com essa pessoa não tem nada de errado? Eu vos digo que aquele que se encolerizar contra seu irmão ou sua irmã, o que significa contra qualquer pessoa, mesmo que por eles nutra apenas algum rancor, não ouse trazer sua oferta ao altar antes de uma reconciliação. Fazei isso, antes de mais nada.

"E nem vou começar a falar de pecados pequenos e pecados grandes. Esse tipo de coisa não valerá no Reino de Deus. O mesmo quanto ao adultério. Conheceis o mandamento contra o adultério: ele diz para *não fazê-lo*, o que não significa *não cometereis adultério, mas tudo bem pensar nele*. Não está tudo bem, não. Sempre que olhais para uma mulher com pensamentos libidinosos, já estais cometendo adultério com ela em vosso coração. Não deveis fazê-lo. E se vossos olhos continuarem a mirar tal mulher, arrancai-os. Pensais que o adultério é mau, mas o divórcio é aceitável? Estais enganados: todo aquele que se divorcia, a não ser por motivo de prostituição, está levando a própria mulher ao adultério se ela se casar novamente. E aquele que se casa com a repudiada comete *ele próprio* o adultério. Casamento é coisa séria. O inferno também. E é para lá que ireis, caso penseis que, evitando os pecados grandes, podereis passar incólumes com os pequenos."

"Disseste que não devemos ser violentos, mestre, mas e se alguém nos ataca, é certo que podemos revidar?"

"'Olho por olho e dente por dente'? É nisso que estais pensando? Não deveis fazê-lo. Àquele que vos fere na face direita, oferecei-lhe também a face esquerda. E àquele que quiser tomar-vos a túnica, deixai-lhe também o manto. E se alguém vos obriga a andar um quilômetro, caminhai com ele dois. Sabeis a razão de tudo isso? É porque deveis amar os vossos inimigos, é por isso. Sim, escutastes bem o que eu vos disse: amai os vossos inimigos e orai por eles.

Pensai em Deus vosso Pai que está nos céus e fazei como ele. Ele faz nascer seu sol igualmente sobre maus e bons; faz cair a chuva sobre justos e injustos. Que recompensa tendes por amar somente os que vos amam? Até um publicano é capaz de tal coisa. E, se vos preocupais apenas com vossos irmãos e irmãs, não fazeis mais do que fazem os gentios. Deveis ser perfeitos."

Cristo tomou nota de tudo diligentemente, tendo o cuidado de escrever, em cada uma das tabuinhas, "Estas foram as palavras de Jesus", de modo que ninguém pudesse pensar que se tratava de opiniões dele próprio.

Alguém fazia uma pergunta sobre dar esmola.

"Boa pergunta", disse Jesus. "O que deveis fazer ao dar esmola é calar a respeito. Mantende silêncio. Conheceis aquele tipo de gente que faz um grande espetáculo da própria generosidade: não deveis fazê-lo. Quando doardes, não permitis que ninguém saiba, nem permitis que saibam quanto deste e para que causa. Não saiba vossa mão esquerda o que faz a direita. Vosso Pai que está nos céus verá, não vos preocupeis.

"E, já que falo aqui sobre manter silêncio, outra coisa sobre a qual deveis guardar segredo: a oração. Não sejais como os hipócritas ostentadores que rezam em alto e bom som para que toda a vizinhança saiba de sua devoção. Entrai no vosso quarto e, fechando a porta, orai em silêncio e segredo. Vosso Pai vos escutará. E já ouvistes orar os gentios? Uma lenga-lenga, um nhem-nhem-nhem, um blá-blá-blá, como se o som de suas vozes fosse música aos ouvidos de Deus. Não sejais como eles. Não há necessidade de dizer do que tendes necessidade; vosso Pai sabe antes mesmo que o peçais.

"É assim que deveis orar, dizendo:

"Pai que estás nos céus, teu nome é sagrado.

"Teu Reino está a caminho e será feita a tua vontade, na terra como nos céus.

"Dai-nos hoje o pão que necessitamos.

"E perdoa-nos as nossas dívidas, como também devemos nós perdoar a quem nos deve.

"E não nos submetas a tentação maior do que possamos suportar.

"Porque teu é o Reino, e o poder, e a glória, para sempre.

"Assim seja."

"Mestre", alguém chamou, "se o Reino está a caminho, como dizes, como devemos viver? Devemos continuar com nossos negócios, e a construir casas e constituir famílias e pagar impostos como sempre fizemos, ou tudo muda agora que sabemos sobre o Reino?"

"Estás certo, amigo, tudo muda. Não há necessidade de preocupação quanto ao que haveis de comer ou beber, ou quanto ao lugar onde dormireis ou o que vestireis. Olhai as aves do céu: elas semeiam ou colhem? Elas armazenam o trigo em celeiros? Não fazem nada disso e, no entanto, vosso Pai celeste as alimenta todos os dias. Não valeis vós mais do que as aves? E pensai no que pode a preocupação: quem dentre vós, com suas inquietações, acrescenta uma única hora à duração da sua vida?

"E quanto à roupa? Olhai os lírios do campo, como são belos. Nem Salomão, em toda a sua glória, se vestiu com o mesmo esplendor de uma flor selvagem. E, se Deus veste assim a erva do campo, não fará ele muito mais por vós? Homens de pouca fé! Já vos alertei para que não vos comporteis como os gentios. Não vos preocupeis, pois, com o dia de amanhã, pois o dia de amanhã cuidará de si mesmo. Basta a cada dia o seu mal."

"E como devemos agir quando virmos alguém fazendo coisa errada?", perguntou um homem. "Devemos tentar corrigir a pessoa?"

"Quem sois vós para julgar quem quer que seja?", disse Jesus. "Reparais no cisco que está no olho do vosso irmão e não percebeis a trave que está no vosso. Tirai primeiro a trave do vosso olho, e então vereis o suficiente para tirar o cisco do olho do vosso irmão.

"E precisais ver claro quando examinais o que fazeis. Precisais pensar e fazer o que é certo. Não deis aos cães a carne ofertada em sacrifício — seria como atirar pérolas aos porcos. Pensai no que isso significa."

"Mestre, como sabemos que tudo ficará bem?", falou um homem.

"Pedi e vos será dado. Buscai e achareis. Batei e vos será aberto. Não acreditais em mim? Considerai: quem dentre vós dará uma pedra a seu filho, se este lhe pedir pão? Ninguém, claro. E, se vós que sois todos pecadores sabeis dar boas dádivas aos vossos filhos, quanto mais vosso Pai que está nos céus dará coisas boas aos que lhe pedem!

"Em breve deverei parar de falar, mas há mais algumas coisas que precisais escutar e delas se lembrar. Há os profetas verdadeiros e há os falsos profetas, e a maneira de diferenciá-los é esta: pelos seus frutos. Por acaso se colhem uvas dos espinheiros? Buscam-se figos entre os cardos? Claro que não, pois uma árvore má não pode dar bons frutos, nem uma árvore boa dar frutos ruins. Reconhecereis os verdadeiros e os falsos profetas pelos seus frutos. Toda árvore que produz frutos ruins é cortada e lançada ao fogo no final.

"E lembrai-vos disto: tomai o caminho mais difícil, não o mais fácil. O caminho que conduz à vida é difícil, e a porta para ele, estreita, mas o caminho que conduz à perdição é fácil, e larga a sua porta. Muitos são os que tomam o caminho fácil; poucos vão pelo mais difícil. Cabe a vós encontrar o caminho difícil e seguir nele.

"Todo aquele que ouve estas minhas palavras e as põe em prática será comparado ao homem sensato que construiu sua casa sobre a rocha. Caiu a chuva, vieram as enxurradas, sopraram os ventos e deram contra aquela casa, mas ela não caiu, porque estava alicerçada na rocha. Mas, todo aquele que ouve essas minhas palavras e não as pratica, será comparado ao homem insensato que construiu sua casa sobre a areia. E o que acontece quando a chuva cai e as enxurradas vêm e os ventos sopram e dão contra tal casa? A casa desmorona — e se abate sobre ela uma grande ruína!

"E aqui vos digo uma última coisa: tudo aquilo que quereis que os homens vos façam, fazei-o vós a eles.

"Estes são a lei e os profetas, e é tudo o que precisais saber."

Cristo observou a multidão, que se dispersava, e ouviu o que diziam as pessoas:

"Ele não é como os escribas", disse um.

"Fala como quem conhece as coisas."

"Nunca ouvi ninguém falar de maneira tão direta."

"Não são aquelas palavras vazias que costumamos ouvir dos pregadores. Esse homem sabe do que está falando."

E Cristo ficou pensando no que ouvira durante aquele dia e ponderou tudo profundamente antes de transcrever as palavras de suas tabuinhas para um rolo; mas não comentou nada com ninguém.

A morte de João

Durante todo esse tempo, João Batista estivera na prisão. O rei Herodes Antipas queria muito mandar executá-lo, mas sabia que João era popular e temia a reação. Eis que a esposa do rei — e este recebera críticas de João justamente por se casar com ela —, de nome Herodíades, tinha uma filha chamada Salomé. A corte celebrava o aniversário do rei e Salomé dançou para ele, e tanto agradou a todos que Herodes prometeu lhe dar o que quer que pedisse. A mãe a instruiu a dizer: "Quero a cabeça de João Batista numa bandeja".

Por dentro Herodes ficou consternado. Mas tinha feito a promessa na frente de seus convidados e não podia recuar; então ordenou ao carrasco que fosse até a prisão e decapitasse João imediatamente. Assim se fez, e a cabeça foi trazida, como pedira Salomé, em cima de uma bandeja. A menina a entregou a Herodíades. Quanto ao corpo do Batista, seus seguidores foram à prisão apanhá-lo e o levaram para ser enterrado.

Alimentando a multidão

Sabendo que Jesus tinha João em alta conta, alguns dos seguidores do Batista foram à Galileia contar a ele o que se passara; e Jesus, desejando ficar sozinho, tomou de um barco solitariamente e saiu. Ninguém soube aonde ia, mas Cristo passou a informação a uma ou duas pessoas, e logo a notícia correu. Quando Jesus aportou no que pensava ser um lugar recôndito, deparou-se com uma grande multidão à sua espera.

Sentiu pena daquelas pessoas e começou a lhes falar, e algumas que estavam doentes se sentiram melhor com a presença de Jesus e se declararam curadas.

Era quase noite e os discípulos de Jesus lhe disseram: "Estamos no meio do nada e essa gente toda precisa comer. Despede a multidão para que vá aos povoados comprar alimento para si. Não podem permanecer aqui a noite toda."

Jesus falou: "Não é preciso que vão embora. Somando tudo o que tendes para comer, quanto dá?".

"Cinco pães e dois peixes, mestre; nada mais."

"Dai-lhes de comer."

Ele pegou os cinco pães e os dois peixes, pronunciou a bênção e, em seguida, disse à multidão: "Vedes como reparto este alimento? Fazei o mesmo. Haverá o bastante para todos".

E, como seria de se esperar, um homem tinha trazido alguns pães de cevada, outro, algumas maçãs, um terceiro, peixe seco, um quarto, uma porção de uvas, e assim por diante; e, somando tudo, havia muito alimento para ser distribuído. Ninguém ficou com fome.

E Cristo, assistindo a tudo e tomando suas notas, registrou o ocorrido como mais um milagre.

O informante e
a mulher cananeia

Mas Cristo não podia seguir Jesus a todo lugar. Teria atraído atenção e, a essa altura, ele tinha certeza de que devia permanecer nos bastidores. Assim, pediu a um dos discípulos que lhe contasse o que se passava quando ele não estava presente — mantendo segredo a respeito, claro.

"Não há necessidade de contar a Jesus", disse Cristo ao discípulo. "É que venho registrando suas sábias palavras e feitos maravilhosos, e seria de grande ajuda se pudesse contar com relatos precisos."

"E para quem são esses registros?", perguntou o discípulo. "Não estás a serviço dos romanos, estás? Ou dos fariseus, ou dos saduceus?"

"Não, não. Faço os registros em nome do Reino de Deus. Todo reino tem seu historiador, senão como chegaríamos a saber dos grandes feitos de Davi ou Salomão? Este é o meu papel: apenas um humilde historiador. Podes me ajudar?"

O discípulo concordou, e logo tinha algo a relatar. Aconteceu quando Jesus estava distante da Galileia, em andanças pela região costeira de Tiro e de Sidônia. Evidentemente que sua fama já havia chegado àquelas paragens, pois uma mulher local, uma cananeia, soube que ele por ali andava de passagem e veio correndo implorar:

"Senhor, filho de Davi, tem compaixão de mim!"

Ela se dirigia a Jesus apesar de ser uma gentia. A cena, porém, não o impressionou, e ele não lhe deu atenção, embora os gritos da mulher começassem a incomodar os discípulos que acompanhavam Jesus.

"Despede-a, mestre!", eles disseram.

Ele finalmente se voltou à mulher e disse:

"Não fui enviado para falar aos gentios. Aqui estou pela casa de Israel, e não por ti."

"Mas, por favor, mestre!", ela respondeu. "Minha filha está endemoninhada e não tenho mais ninguém a quem recorrer!" E prostrou-se diante dele e disse: "Senhor, socorre-me!".

"É certo tirar o pão dos filhos e atirá-lo aos cachorrinhos?", falou Jesus.

Mas aquela era uma mulher inteligente, que soube achar a resposta e disse: "Também os cachorrinhos comem das migalhas que caem da mesa do seu dono".

Aquela resposta agradou a Jesus, e ele disse: "Mulher, tua fé salvou tua filha. Vai para casa e a encontrará curada".

O discípulo relatou o caso a Cristo, que o registrou.

A mulher com o perfume

Logo depois disso, Jesus teve outro encontro com uma mulher, e o discípulo também o relatou. Aconteceu em Magadã, num jantar na casa de um fariseu de nome Simão. Uma mulher da cidade soube que ele estava ali e apareceu trazendo a Jesus como presente um frasco de alabastro com perfume. O anfitrião a deixou entrar e ela se ajoelhou diante de Jesus e chorou, banhando-lhe os pés com suas lágrimas, enxugando-os com os cabelos e ungindo-os com o precioso perfume.

Em voz baixa, o anfitrião disse ao discípulo que era o informante de Cristo: "Se esse vosso mestre fosse realmente um profeta, saberia quem é a mulher que o toca — é uma notória pecadora".

Mas Jesus entreouviu o que ele dizia e falou: "Simão, quero te fazer uma pergunta".

"Pois não", disse o fariseu.

"Supõe que um credor tinha dois devedores. Um lhe devia quinhentos denários e o outro, cinquenta. Como não tivessem com que pagar, perdoou a dívida a ambos. Qual dos dois lhe ficará mais agradecido?"

"Creio que aquele que devia os quinhentos", disse Simão.

"Exatamente", falou Jesus. "Agora, vês esta mulher? Entrei em tua casa e não me ofereceste água com que lavar os pés, mas ela os banhou com lágrimas. Não me saudaste com um beijo; ela, porém, desde que aqui entrei, não parou de cobrir-me os pés de beijos. Não me deste óleo, enquanto ela me ungiu os pés com perfume. Há uma razão para isso: ela cometeu grandes pecados, mas estes lhe foram perdoados, e é por isso que demonstra amor tão profundo. Tu não cometeste numerosos pecados, então pouco significa para ti que tenham sido perdoados. E, como resultado, amas-me muito menos."

Os demais convivas ficaram consternados com suas palavras, mas o discípulo cuidou de lembrá-las e as relatou com fidelidade a Cristo, que a tudo registrou. Quanto à mulher, tornou-se uma seguidora de Jesus, e uma das mais fiéis.

O desconhecido fala sobre verdade e história

Cristo nunca sabia quando o desconhecido lhe apareceria. Quando ele voltou a aparecer, era tarde de uma certa noite, e sua voz sussurrante veio através da janela.

"Cristo, vem me contar o que tem acontecido."

Cristo reuniu seus rolos de anotações e saiu à rua na ponta dos pés. O desconhecido o acompanhou para longe do vilarejo e até as montanhas onde, às escuras, não poderiam ser ouvidos.

O desconhecido escutou sem interromper enquanto Cristo lhe relatava tudo o que Jesus havia feito desde o Sermão da Montanha.

"Muito bem", ele disse. "Excelente trabalho. Como soubeste dos eventos de Tiro e Sedônia? Não estiveste lá, eu acho."

"Pedi a um dos discípulos que me mantenha informado", Cristo falou. "Sem que Jesus saiba disso, claro. Espero que seja permitido."

"Tens verdadeiro talento para essa missão."

"Obrigado, senhor. Há uma coisa que me ajudaria a realizá-la melhor, porém. Se eu soubesse a razão por que investiga, poderia direcionar melhor a investigação. O senhor faz parte do Sinédrio?"

"É isso o que pensas? E que achas que é a função do Sinédrio?"

"Ora, o Sinédrio é a casa que define as grandes questões relativas à lei e à doutrina. E, claro, cuida dos impostos e da parte administrativa e... e assim por diante. Naturalmente não estou querendo dizer que cuida apenas de burocracias, embora, evidentemente, isso seja necessário quanto se trata de assuntos humanos..."

"O que disseste ao discípulo que é teu informante?"

"Disse-lhe que estou escrevendo a história do Reino de Deus, e que ele estaria me ajudando nessa grande missão."

"Muito bom. Não caberia melhor resposta para tua própria pergunta. Ao me ajudar, estás contribuindo para escrever essa história. Mas há mais, e isso ninguém deve saber: ao escrever sobre o passado, ajudamos a moldar o que virá. Dias negros se aproximam, tempos turbulentos; se o caminho para o Reino de Deus precisa ser aberto, nós, os lúcidos, devemos fazer da história a serva da posteridade, e não sua senhora. *Aquilo que deveria ter sido* tem mais serventia ao Reino do que *aquilo que foi*. Tenho certeza de que me entendes."

"Sim", disse Cristo. "E, senhor, se pudesse ler meus manuscritos..."

"Lerei com toda a atenção, e agradecido por teu trabalho generoso e corajoso."

O desconhecido enfiou os rolos de anotações sob seu manto e se levantou para partir.

"Lembra-te do que eu disse a primeira vez que nos

encontramos", falou. "Existe o tempo e existe o que está além do tempo. A história pertence ao tempo, mas a verdade fica além dele. Ao escrever sobre como as coisas deveriam ter sido, estás permitindo à verdade entrar na história. És a palavra de Deus."

"E quando voltarás?", perguntou Cristo.

"Voltarei quando for preciso. E, quando vier, falaremos do teu irmão."

Um segundo depois, o desconhecido tinha desaparecido na escuridão da montanha. Cristo ficou ali um longo tempo, sob o vento frio, refletindo sobre o que lhe fora dito. As palavras "nós, os lúcidos" eram das mais emocionantes que ele jamais ouvira. E passou a se perguntar se o desconhecido não pertencia mesmo ao Sinédrio, como havia pensado; o homem não negara isso, exatamente, mas parecia ter um leque de conhecimentos e um ponto de vista bastante distintos daquilo que dizia qualquer rabino ou legista que Cristo já tivesse escutado falar.

Na verdade, agora que pensava a respeito, Cristo se deu conta de que o desconhecido era diferente de qualquer pessoa que conhecera até então. O que dizia era tão diverso de qualquer coisa que Cristo já tivesse lido na Torá, ou ouvido na sinagoga, que ele começou até mesmo a se questionar se o desconhecido era judeu. Falava perfeitamente o aramaico, mas era muito mais provável, dadas as circunstâncias, que se tratasse de um gentio, talvez de um filósofo grego de Atenas ou Alexandria.

E Cristo foi para casa, para a cama, cheio de humilde alegria por sua própria perspicácia; pois não havia ele falado a Jesus, no deserto, sobre a necessidade de incluir os gentios na grande organização que encarnaria o Reino de Deus?

"Quem sou eu para vós?"

Nesse tempo, o rei Herodes começou a ouvir rumores sobre esse homem que percorria o interior curando pessoas e enunciando palavras proféticas. Ficou alarmado, pois alguns diziam que João Batista havia sido ressuscitado dos mortos. Herodes sabia muito bem que João estava morto, pois não havia ele próprio ordenado sua execução e oferecido sua cabeça numa bandeja a Salomé? Mas então outros rumores passaram a circular: esse novo pregador seria o próprio Elias, de retorno a Israel após centenas de anos; ou era esse profeta ou era outro, vindo para punir os judeus e vaticinar a catástrofe.

Como esperado, tudo isso preocupou Herodes profundamente, que fez saber a todos que ficaria feliz se pudesse conhecer o pregador em pessoa. Foi malsucedido nesse intento de encontrar Jesus, mas Cristo anotou a história como prova do quanto seu irmão se tornava conhecido.

Pelo que seu informante lhe contava, porém, parecia claro que a Jesus não agradava essa fama crescente. Certa feita, na região da Decápole, ele curou um surdo que não podia falar e ordenou aos amigos do homem que nada dissessem sobre o ocorrido, mas eles saíram e contaram a todos. Em outra ocasião, em Betsaida, restituiu a visão a um cego e, quando o homem voltou a enxergar, Jesus lhe disse que fosse direto para casa e nem mesmo passasse pelo vilarejo; mas a história se espalhou também dessa vez. E então houve a ocasião em Cesareia de Filipe na qual Jesus caminhava ao lado dos discípulos, os quais falavam sobre os seguidores que Jesus arrebanhava.

"Quem os homens dizem que eu sou?", perguntou Jesus.

"Alguns dizem que és Elias", disse um discípulo.

Outro falou: "Pensam que és João Batista, que retornou à vida".

"Falam dos mais diversos nomes... de profetas, principalmente", disse um terceiro. "Como Jeremias, por exemplo."

"Mas e para vós, quem sou eu?"

E Pedro disse: "Tu és o Messias".

"É isso o que achas?", respondeu Jesus. "Bem, é melhor que controles tua língua. Não quero ouvir esse tipo de conversa, estás entendendo?"

Quando Cristo soube disso, não atinou como registrá-lo para o desconhecido grego. Ficou confuso e pôs no papel as palavras do discípulo, e então apagou tudo e tentou reformular mais à maneira do que lhe dissera o desconhecido sobre verdade e história; mas isso o confundiu ainda mais, de modo que sua perspicácia lhe pareceu dispersa, não mais tão firme nem funcionando sob seu comando.

Por fim, ele se recompôs e anotou o que o discípulo lhe contara até o ponto em que Pedro falava. Então lhe ocorreu uma ideia e ele escreveu algo novo. Sabendo que Jesus tinha por Pedro a mais alta estima, registrou que Jesus havia elogiado o discípulo por enxergar uma coisa que somente seu Pai que estava nos céus poderia ter revelado, e que continuara a falar, usando de um trocadilho com o nome de Pedro, ao dizer que ele seria a pedra sobre a qual edificaria sua igreja. Essa igreja seria tão firmemente edificada que as portas do inferno não prevaleceriam contra ela. E por último Cristo escreveu que Jesus havia prometido a Pedro lhe dar as chaves do Reino dos Céus.

Quando terminou de escrever essas palavras, ele estremeceu. Perguntava-se se não estava sendo presunçoso ao fazer Jesus expressar pensamentos que ele próprio apresentara ao irmão no deserto, sobre a necessidade de uma organização que encarnasse o Reino na Terra. Jesus escarnecera da ideia. Mas então Cristo se lembrou do que dissera o desconhecido: que, escrevendo daquela maneira, ele permitia que a verdade para além do tempo entrasse na história, tornando-a assim a serva da posteridade, e não sua senhora; e sentiu-se enlevar.

Fariseus e saduceus

Jesus prosseguia em sua missão, falando, pregando e oferecendo parábolas para ilustrar seus ensinamentos, e Cristo anotava a maior parte do que ele dizia, deixando sempre que possível que a verdade além do tempo guiasse seu estilo. Havia certas passagens, porém, que não podia nem deixar de fora, nem alterar, pelo frisson que causavam aos discípulos e às multidões que vinham escutar Jesus. Todos sabiam o que ele dissera e muitos comentavam suas palavras; teriam reparado, caso aquilo não aparecesse nos registros.

Muitas dessas falas de Jesus diziam respeito às crianças e à família, e algumas doíam profundamente em Cristo. Certa vez, na estrada para Cafarnaum, os discípulos discutiam. Jesus tinha percebido que falavam em altos brados, mas caminhava afastado deles e não ouvia o que diziam.

Quando entraram na casa onde passariam a noite, ele disse:

"Sobre o que discutíeis no caminho?"

Ficaram em silêncio, pois estavam envergonhados. Afinal, um deles disse:

"Discutíamos sobre qual de nós era mais importante, mestre."

"É mesmo? Era isso? Aproximai-vos, todos vós."

Eles permaneceram diante dele. Naquela casa havia uma criancinha, que Jesus pegou nos braços e exibiu aos discípulos.

"Se alguém quiser ser o primeiro", ele disse, "seja o último e o servo de todos. A menos que mudeis e vos torneis como as criancinhas, nunca entrareis no Reino dos Céus. Aquele que for humilde como esta criança será o mais importante nos céus. E aquele que receber uma destas crianças por causa do meu nome, a mim estará recebendo."

Noutra ocasião, Jesus havia parado para sentar um pouco e algumas pessoas trouxeram suas crianças para que ele as abençoasse.

"Agora não!", disseram os discípulos. "Ide embora! O mestre está descansando."

Jesus os ouviu e ficou furioso.

"Não faleis assim a essa boa gente", ele disse. "Deixai que tragam suas crianças. A quem mais pensais que pertence o Reino de Deus? A elas pertence o Reino."

Os discípulos se afastaram e as pessoas levaram suas crianças a Jesus, que as abençoou, as tomou nos braços e as beijou.

Falando ao mesmo tempo aos discípulos e aos pais das crianças, ele disse: "Deveríeis, todos vós, ser como as crianças pequenas no que se refere ao Reino, do contrário não entrareis nele. Atentai, portanto. Aquele que puser obstáculos a que um desses pequeninos venha a mim, melhor seria que lhe pendurassem ao pescoço uma pesada mó e fosse precipitado nas profundezas do mar".

Cristo anotou aquelas palavras, admirado pela força das imagens que evocavam, embora lamentando o raciocínio por trás delas; pois, se era verdade que apenas as crianças seriam admitidas no Reino, de que valiam qualidades adultas como a responsabilidade, a precaução e a sabedoria? Certamente o Reino precisaria delas também. De outra feita, alguns fariseus tentaram testar Jesus fazendo-lhe perguntas sobre o divórcio. Jesus falara do tema no Sermão da Montanha, mas eles haviam identificado, naquele discurso, o que imaginavam ser uma contradição.

"O divórcio é lícito?"

"Não lestes as escrituras?", foi a resposta de Jesus. "Não vos recordais de que a Adão e Eva o Criador os fez homem e mulher, e de que declarou que o homem deixará pai e mãe e se unirá a sua mulher e os dois serão uma só carne? Esquecestes disso? Portanto, o que Deus uniu, o homem não deve separar."

"Ah", responderam os fariseus, "por quê, então, Moisés ordenou que se desse carta de divórcio? Não o teria feito se Deus o proibisse."

"Deus agora tolera isso, mas terá sido ele quem instituiu o divórcio no Paraíso? E havia alguma necessidade disso então? Não. Lá, homem e mulher foram criados para a convivência perfeita. Foi apenas depois do pecado que o divórcio se tornou necessário. E quando vier o Reino, e virá, e homens e mulheres voltarem a viver juntos em perfeição outra vez, não haverá mais necessidade de divórcio."

Os saduceus também tentaram confundir Jesus com um problema sobre o casamento. Ora, eles não acreditavam em ressurreição ou em vida após a morte, e pensaram que poderiam encurralar Jesus com uma pergunta sobre isso.

"Se um homem morre sem ter filhos", disseram, "seu irmão se casará com a viúva e suscitará descendência para o irmão morto. Não é esse o costume?"

"É esse o costume", respondeu Jesus.

"Ora, então: supõe que haja sete irmãos. O primeiro se casa e morre sem deixar descendência, de modo que a viúva se casa com o segundo irmão. O mesmo volta a acontecer: o marido morre sem ter filhos e ela se casa com o próximo, e assim por diante até o sétimo irmão. Por fim, morre também a mulher. Pois bem: na ressurreição, de qual dos sete será a mulher? Pois que ela se casara com todos eles."

"Estais enganados", falou Jesus. "Desconheceis as escrituras e o poder de Deus. Na ressurreição, nem eles se casam, nem elas se dão em casamento. Viverão todos como os anjos. Quanto à ressurreição dos mortos, esquecestes do que Deus declarou a Moisés na chama de uma sarça ardente. Ele disse: 'Eu sou o Deus de Abraão, o Deus de Isaac e o Deus de Jacó'. Teria ele falado no tempo presente, se não fossem vivos aqueles homens? Ele não é o Deus dos mortos, mas o dos vivos."

Os saduceus tiveram de recuar, confusos.

Jesus e a família

Mas, mesmo defendendo o casamento e as crianças, Jesus pouco tinha a dizer a favor da família, ou do conforto da prosperidade. Certa feita, ele afirmou a uma multidão que pretendia segui-lo: "Se não odiardes vosso pai e vossa mãe, vossos irmãos e vossas irmãs, vossa esposa, vossos filhos, jamais vos tornareis meus discípulos". E Cristo se lembrou das palavras de Jesus quando foram lhe dizer que sua mãe e seus irmãos e irmãs tinham vindo vê-lo: ele os rejeitara e declarara não ter família a não ser pelos que faziam a vontade de Deus. Ouvir o irmão falar em ódio à própria família inquietava Cristo; por conta própria, ele não teria anotado aquelas palavras, mas muita gente as ouvira da boca de Jesus.

Então, certo dia, ouvindo Jesus falar, Cristo escutou do irmão uma história que o perturbou ainda mais.

"Um homem tinha dois filhos, um calmo e bom e outro rebelde e insubmisso. Este falou ao pai: 'Vais dividir a propriedade entre nós dois de qualquer modo; quero a minha parte agora'. O pai o atendeu, e o filho rebelde partiu para outro país e dissipou todo o dinheiro em bebida e apostas e devassidão, até que ficou sem nada.

"Então sobreveio uma grande fome ao país onde estava vivendo, e o filho rebelde se encontrava tão desesperadamente necessitado que arranjou um trabalho como tratador de porcos. Tinha tanta fome que ficaria feliz se pudesse comer as cascas que os porcos comiam. Em seu desespero, lembrou-se de casa e disse a si mesmo: 'Em casa meu pai tem seus empregados, e todos eles têm pão com fartura; e eu aqui, morrendo de fome. Vou-me embora, confessar-me a meu pai e implorar-lhe perdão, pedindo que me contrate como seu empregado'.

"Partiu, assim, de volta para casa e, quando o pai soube que ele estava chegando, encheu-se de compaixão, correu para a entrada do vilarejo e abraçou-o, cobrindo-o de beijos. O filho disse: 'Pai, pequei contra o Céu e contra ti; já não sou digno de ser chamado teu filho. Trata-me como um dos teus empregados'.

"Mas o pai disse aos servos: 'Trazei a melhor túnica e sandálias para os pés do meu filho, ide depressa! E preparai um banquete — com tudo do bom e do melhor — porque este querido filho estava morto e tornou a viver; estava perdido e foi reencontrado!'.

"Mas o outro filho, aquele que era calmo e bom, ouviu os sons da celebração e viu o que se passava, e disse ao pai:

"'Por que preparas um banquete para ele? Permaneci em casa o tempo todo, jamais transgredi um só dos teus mandamentos, e nunca me ofereceste um banquete. Meu irmão partiu sem aviso, sem se importar conosco, e dissipou todo o seu dinheiro, não pensa na família nem em ninguém mais.

"E o pai respondeu: 'Filho, estás sempre comigo. Tudo que é meu é teu. Mas, quando alguém retorna a casa depois de ter estado tão longe, é correto e é justo que se prepare um banquete em celebração. E teu irmão estava morto e tornou a viver; estava perdido e foi reencontrado'."

Quando Cristo ouviu aquela história, foi como se o tivessem despido de toda a roupa na frente da multidão. Ele não fazia ideia de que o irmão o vira ali, mas devia ter visto, para tê-lo humilhado tão agudamente. Tudo o que Cristo podia esperar era que ninguém tivesse notado, e decidiu manter-se ainda mais discreto e nos bastidores dali em diante.

Histórias difíceis

Não muito tempo depois, Jesus contou outra história que a Cristo pareceu injusta. E ele não foi o único entre os ouvintes a reagir assim: muitos não conseguiram entender nada e, mais tarde, discutiam uns com os outros aquilo que dissera Jesus. Alguém tinha perguntado a Jesus como seria o Reino dos Céus, e ele disse:

"Semelhante ao fazendeiro que saiu de manhã cedo para contratar trabalhadores para a sua vinha. Depois de combinar com eles o valor usual por um dia de trabalho, mandou-os à propriedade. Algumas horas mais tarde, o homem passava pela praça do mercado e viu outros que estavam desocupados e lhes disse: 'Quereis um trabalho? Ide à minha vinha e eu vos pagarei o que for justo'. Eles foram e o fazendeiro continuou seu caminho, e passou de volta por ali ao meio-dia, e de novo no meio da tarde, e a cada vez encontrou outros desocupados, dizendo a mesma coisa que aos primeiros.

"Finalmente, às cinco horas, cruzou a praça mais uma

vez, viu outro grupo ali e disse: 'Por que permaneceis desocupados aqui o dia todo?'.

"'Ninguém nos dá trabalho', eles responderam. Então o fazendeiro os contratou nos mesmos termos.

"Quando anoiteceu, ele disse ao administrador de sua vinha: 'Chama os trabalhadores e paga-lhes o salário, começando pelos últimos até os primeiros'.

"Veio a leva das cinco horas e recebeu o pagamento por um dia inteiro de trabalho, e assim foi feito com todos os outros. Os trabalhadores que tinham sido contratados de manhã cedo resmungaram e disseram: 'Estás dando a esses homens, que fizeram uma hora só, o mesmo que a nós, que trabalhamos o dia todo sob calor escorchante'.

"O fazendeiro respondeu: 'Amigo, concordaste em receber o pagamento de um dia de trabalho por um dia de trabalho, e é exatamente o que estás ganhando. Toma o que é teu e vai. Não tenho o direito de fazer o que quero com o que é meu? Porque decido ser bom, isso significa que precisas ser mau?'"

Foi ainda mais difícil para os ouvintes entender outra das histórias contadas por Jesus, mas Cristo anotou esta também, na esperança de que o desconhecido fosse capaz de explicá-la.

"Havia um fazendeiro rico que mantinha um administrador para cuidar dos seus negócios, até que começaram a chegar a ele denúncias sobre o modo como o empregado geria seus bens. Então mandou chamá-lo e disse: 'Tenho ouvido coisas a teu respeito de que não gosto. Estás demitido, mas antes quero que prestes contas da tua administração'.

"E o administrador pensou: 'Que farei agora? Não sou forte o suficiente para fazer trabalhos braçais, e mendigar, tenho vergonha...'. Então imaginou um plano para garantir que outras pessoas cuidariam dele enquanto estivesse sem trabalho.

"Convocou um a um os devedores do seu senhor. Perguntou ao primeiro: 'Quanto deves ao meu senhor?', e o homem respondeu: 'Cem barris de óleo'. 'Senta', disse o administrador, 'toma tua conta e escreve depressa cinquenta no lugar dos cem.'

"Ao próximo, ele falou: 'E tu, quanto deves?' 'Cem medidas de trigo.' 'Aqui, toma tua conta. Risca os cem e escreve oitenta'.

"E assim fez com o restante dos devedores. E o que falou o senhor quando soube disso? O que quer que penseis, estareis enganados. A reação do senhor foi a de louvar o administrador por sua prudência."

O que Jesus parecia dizer com essas histórias, pensou Cristo, era algo horrível: que o amor de Deus era arbitrário e imerecido, quase como uma loteria. A amizade de Jesus com publicanos e prostitutas e outras figuras indesejáveis também devia ser parte daquela atitude radical; ele parecia nutrir verdadeiro desprezo por tudo o que o senso comum imaginava como virtude. Certa vez, contou uma história sobre dois homens, um fariseu e um publicano, os quais tinham ido ambos ao templo para orar. O fariseu, de pé, orava consigo mesmo mirando o céu: "Ó Deus, eu te dou graças porque não sou como o resto dos homens, nem ladrão, nem adúltero, nem trapaceiro, ou como aquele publicano. Jejuo duas vezes por semana e entrego em doação um décimo dos meus ganhos". Mas o publicano não ousava levantar os olhos para o céu; mantinha-os pregados no chão e batia no peito, dizendo: "Meu Deus, eu imploro, tem piedade de mim, um pecador". E este, não o outro, disse Jesus a seus ouvintes, era o homem que entraria no Reino.

Era uma mensagem popular, sem dúvida; as pessoas comuns se regozijavam ao ouvir histórias sobre homens e mulheres como elas, e que haviam conquistado o sucesso imerecidamente. Mas aquilo perturbou Cristo, e ele desejava falar sobre isso com o desconhecido.

O desconhecido transfigurado; uma crise iminente

Logo teve sua chance. Enquanto caminhava certa noite junto ao mar da Galileia, pensando estar sozinho, descobriu o desconhecido bem ao seu lado.

Sobressaltou-se e disse: "Senhor! Não o havia visto. Perdoa-me por não tê-lo cumprimentado — estavas aqui ao meu lado fazia tempo? Meus pensamentos andavam em outra parte".

"Estou sempre perto de ti", disse o desconhecido, e os dois retomaram o passo e passaram a caminhar juntos.

"Na última vez em que conversamos", observou Cristo, "o senhor disse que na próxima falaríamos sobre o meu irmão".

"Assim faremos. Que achas: qual é o futuro dele?"

"O futuro dele — não posso saber, senhor. Tem criado um bocado de animosidade. Fico preocupado porquê, se não tiver cuidado, pode acabar como João Batista, e me inquieta que provoque os romanos como fazem os zelotes."

"Mas ele toma cuidado?"

"Não. Diria que é imprudente. Mas para ele, veja o senhor, o Reino de Deus muito em breve virá, e não faz sentido ser cuidadoso ou precavido."

"Para *ele*, tu dizes? Quer dizer que não pensas que teu irmão tenha razão? É só um palpite e ele pode estar enganado?"

"Não é bem assim", Cristo falou. "Acho que a diferença é de ênfase. Acredito na vinda do Reino, claro que sim. Mas ele pensa que virá sem aviso, pois Deus é impulsivo e arbitrário. É o que está na raiz de tudo."

Ele contou ao desconhecido as parábolas que o haviam perturbado.

"Entendo", disse o desconhecido. "E tu? Que pensas de Deus?"

"Penso que é justo. A virtude precisa ter alguma importância para que sejamos recompensados ou punidos, senão para que ser virtuoso? O que dizem a lei e os profetas — o que diz o próprio Jesus — não tem sentido de outra forma. Não é coerente."

"Entendo que isso te perturbe."

Eles caminharam em silêncio por um momento.

"E, além disso", Cristo falou, "há a questão dos gentios."

Ele não disse mais nada, esperando para ver como o outro reagiria. Se, conforme imaginara, o homem era grego, ficaria naturalmente interessado no assunto.

Mas o desconhecido disse apenas: "Prossiga".

"Bem", disse Cristo, "Jesus prega apenas para os judeus. Afirmou claramente que os gentios são como cães, por exemplo. Anotei nos rolos que entreguei ao senhor da última vez."

"Estou lembrado. Mas não concordas?"

Cristo estava consciente de que, se aquele homem tinha vindo para tentá-lo a proferir palavras pesadas, era exatamente assim que o faria: conduzindo-o com perguntas leves.

"De novo, senhor", ele disse, cuidadoso, "é uma questão de ênfase. Sei que os judeus são o povo amado de Deus — é o que dizem as escrituras. E no entanto foi Deus, certamente, quem criou os gentios também, e há bons homens e boas mulheres no meio deles. Seja qual for a forma que venha a tomar o Reino, é evidente que se tratará de um novo regime, e não seria surpresa, dada a infinita misericórdia e justiça de Deus, ver que seu amor se estende aos gentios... Mas esses são profundos mistérios, e posso estar enganado. Gostaria que me dissesse qual é a verdade. Ela fica além do tempo, o senhor me falou, mas falta-me sabedoria e minha visão está ofuscada."

"Vem comigo", disse o desconhecido.

E ele levou Cristo ao alto das montanhas, onde o brilho do sol poente iluminava tudo. O desconhecido vestia roupas de um branco imaculado, estonteante ao olhar.

"Perguntei sobre teu irmão", falou o desconhecido, "porque uma crise no mundo parece se aproximar, e, por causa dela, tu e ele serão lembrados nos tempos vindouros exatamente como hoje são lembrados Moisés e Elias. Precisamos nos certificar, tu e eu, de que os relatos sobre estes dias concedam o devido peso à natureza milagrosa dos eventos pelos quais o mundo está passando atualmente. Por exemplo, a voz da nuvem que ouviste durante o batismo de Jesus."

"Lembro que minha mãe contou ao senhor sobre isso... Mas sabe que, quando contei a Jesus o mesmo episódio, disse-lhe que a voz falava dele?"

"É exatamente por isso que és o cronista perfeito para esses eventos, meu caro Cristo, e também por isso teu nome brilhará como o do teu irmão, com idêntico esplendor. Sabes como apresentar uma história, de modo que seu verdadeiro significado se destaque com brilho e clareza. E, quando chegares à versão final da história que o mundo vive hoje, acrescentarás significado interno e espiritual ao contorno visível dos eventos; assim, por exemplo, quando olhares para a narrativa do mesmo modo como Deus olha para o tempo, poderás dizer que Jesus anteviu para seus discípulos eventos vindouros — o que na verdade aconteceu — mas dos quais, na história, ele não tinha consciência."

"Desde que me falaste sobre a diferença entre as duas coisas, tenho sempre tentado deixar que da verdade se irradie a história."

"E ele é a história, enquanto tu és a verdade", disse o desconhecido. "Mas, da mesma forma que a verdade sabe mais do que a história, assim também terás de ser mais sábio do que ele. Terás de sair do tempo e enxergar a necessidade de coisas que os que vivem neste tempo consideram perturbadoras ou repugnantes. Terás de ver, meu caro Cristo, com os olhos de Deus e dos anjos. Verás as sombras e a escuridão sem as quais a luz não teria seu brilho. Precisarás de coragem e decisão; precisarás de todas as tuas forças. Estás preparado para tal visão?"

"Sim, senhor, estou."

"Então logo voltaremos a nos falar. Fecha os olhos e dorme agora."

E Cristo sentiu um cansaço incontrolável e se deitou no chão ali mesmo. Quando acordou, estava escuro, e era como se tivesse experimentado o sonho mais estranho que jamais sonhara. Mas o sonho solucionava um mistério, pois agora ele sabia que o desconhecido não era um mestre comum, nem membro do Sinédrio, nem um filósofo grego: não era, de fato, nem ser humano. Só podia ser um anjo. E manteve a visão do anjo, suas vestes estonteantes de luz, e decidiu deixar que a luz daquela verdade adentrasse a história de seu irmão.

Jesus debate com um legista; o Bom Samaritano

Na maior parte do tempo, Cristo se mantinha à distância, pois podia confiar nas palavras de seu informante. Sabia que o espião era confiável porque, uma vez ou outra, confirmava os relatos do homem perguntando a outras pessoas sobre o que Jesus tinha dito aqui ou feito acolá, e todas as vezes verificou que o informante era estritamente fiel aos fatos.

Mas, quando Cristo ficava sabendo que Jesus faria sua pregação nesta ou naquela cidade, às vezes ia ele mesmo ouvir, sempre se mantendo incógnito ao fundo da assembleia. Numa ocasião, ao usar essa estratégia, escutou um legista que questionava Jesus. Os doutores da lei com frequência testavam suas habilidades contra Jesus, mas ele conseguia dar conta da maioria deles, embora o fizesse pelo que Cristo considerava, muitas vezes, recursos desleais. Ao contar uma história, o que fazia muito frequentemente, introduzia elementos extralegais em seu discurso: persuadir as pessoas manipulando suas emoções era aceitável para ganhar pontos num debate, mas deixava sem resposta a questão da doutrina.

Naquela ocasião, o legista lhe disse: "Mestre, que farei para herdar a vida eterna?".

Cristo ouviu atentamente a resposta de Jesus:

"És um legista, não és? Bem, dize-me o que está escrito na lei."

"Amarás o Senhor teu Deus, de todo o teu coração, de toda a tua alma, com toda a tua força e de todo o teu entendimento. E a teu próximo como a ti mesmo."

"É isso", disse Jesus, "respondeste corretamente. Conheces a lei. Faze isso e viverás."

Mas o homem era um legista, afinal de contas, e queria mostrar que tinha perguntas para tudo. Então disse: "Ah, mas dize-me, mestre: quem é meu próximo?".

Foi quando Jesus contou uma história:

"Certa vez um homem, judeu como tu, seguia pela estrada de Jerusalém a Jericó. No meio da viagem, foi atacado por ladrões, que o despojaram, espancaram, roubaram-lhe tudo o que possuía e o deixaram ali semimorto.

"Bem, apesar de perigosa, aquela é uma estrada movimentada, e logo passou um sacerdote. Olhou para o homem coberto de sangue, caído à beira do caminho, e decidiu tomar outro rumo e seguir adiante sem parar. Em seguida veio um funcionário do templo e ele, igualmente, resolveu não se envolver; saiu dali o mais rápido que pôde.

"Mas o próximo a atravessar o lugar foi um samaritano. Viu o homem ferido e parou para ajudar. Derramou vinho em suas chagas para desinfetá-las e óleo para aliviar a dor, e ajudou o homem a montar o jumento que trazia consigo e o levou a uma hospedaria. Deu dinheiro ao hospedeiro para que cuidasse do ferido e disse: 'Mantém um registro do que gastares a mais, e da próxima vez que passar por aqui te pagarei.

"De modo que te faço uma pergunta em resposta à pergunta que me fizeste: qual dos três homens, o sacerdote, o funcionário e o samaritano, agiu tomando por seu próximo o homem que caiu nas mãos dos ladrões na estrada de Jericó?"

E o legista só pôde responder: "Aquele que o ajudou".

"Isso é tudo o que precisas saber", disse Jesus. "Vai, e também tu faze o mesmo."

Cristo sabia, enquanto anotava, que, ainda que fosse um recurso desleal, a história seria lembrada pelo povo por muito mais tempo do que uma definição doutrinária.

Maria e Marta

Certo dia, Jesus e seus seguidores foram convidados à mesa por duas irmãs, uma chamada Maria e a outra, Marta. O informante de Cristo lhe contou o que acontecera naquela noite. Jesus falava e Maria estava sentada entre as demais pessoas a escutá-lo, enquanto Marta se ocupava de preparar a refeição.

A certa altura, Marta apareceu para repreender Maria: "Deixaste queimar o pão! Vê! Pedi que tomasses conta disso e simplesmente te esqueces! Como posso fazer três ou quatro coisas ao mesmo tempo?".

Maria respondeu: "O pão não é tão importante quanto o que faço aqui. Ouço as palavras do mestre. Ele ficará conosco apenas por uma noite. Do pão podemos comer a qualquer hora".

"Mestre, o que pensas?", disse Marta. "Não deveria minha irmã ajudar-me, se lhe pedi? Somos muitos aqui esta noite. Não posso fazer tudo sozinha."

Jesus falou: "Maria, terás outras chances de ouvir minha pregação, pois há outros aqui que hão de lembrá-la. Mas o pão, uma vez queimado, ninguém poderá comê-lo. Vai e ajuda tua irmã".

Quando Cristo soube disso, compreendeu que era outra das falas de Jesus que soaria melhor como verdade do que como história.

Cristo e a prostituta

Nas poucas ocasiões em que Cristo se aproximava de Jesus, tentava evitar ao máximo contato com o irmão, mas de tempos em tempos alguém lhe perguntava quem era, o que estava fazendo, se era um dos seguidores de Jesus e assim por diante. Ele conseguia se livrar de perguntas como essas muito facilmente, ao adotar uma atitude suave, cortês e amigável, além de discreta. Em verdade, atraía pouca atenção e se mantinha isolado, mas, como qualquer pessoa, às vezes ansiava por companhia.

Certa feita, numa cidade que Jesus ainda não visitara e onde seus seguidores eram pouco conhecidos, Cristo começou a conversar com uma mulher. Era uma das prostitutas a quem Jesus acolhera, mas que não participara da refeição com Jesus como as outras. Quando viu Cristo sozinho, ela disse: "Gostarias de vir à minha casa?".

Sabendo de que tipo de mulher se tratava, e percebendo que ninguém os veria, ele aceitou o convite. Seguiu-a até a casa, entrou e esperou enquanto ela conferia se, no quarto, as crianças dormiam.

Quando acendeu uma luz e olhou para ele, a mulher tomou um susto e disse: "Mestre, me perdoa! A rua estava escura e não consegui ver teu rosto".

"Não sou Jesus", Cristo falou. "Sou irmão dele."

"Te pareces muito com ele. Vieste me procurar como profissional?"

Ele não conseguiu responder nada, mas ela entendeu e o convidou a se deitarem juntos na cama. O que tinham de fazer foi rapidamente concluído, e depois Cristo se sentiu compelido a explicar por que aceitara o convite.

"Meu irmão afirma que os pecadores serão perdoados com mais facilidade que os justos", ele disse. "Não pequei muito até hoje; talvez não tenha pecado o suficiente para merecer o perdão de Deus."

"Vieste a mim não porque eu o tenha tentado, então, mas por piedade? Se assim fosse com todos, eu não ganharia muito."

"Claro que fui tentado por ti. Do contrário não conseguiria me deitar contigo."

"Vais contar ao teu irmão sobre o que fizemos?"

"Não falo muito com meu irmão. Ele nunca me ouve."

"Pareces magoado."

"Não estou magoado. Amo meu irmão. Ele tem uma grande missão, e gostaria de poder ajudá-lo mais do que tenho feito. Se pareço infeliz, talvez seja porque tenho consciência da extensão da minha incapacidade em ser como ele."

"Queres ser como ele?"

"Mais que tudo. Ele faz as coisas por paixão e eu, por cálculo. Enxergo mais longe do que ele; posso ver as consequências de coisas sobre as quais ele nem pensa duas vezes. Mas ele age com todo o seu ser a cada momento, enquanto estou sempre me refreando por cautela, ou prudência, ou porque quero observar e registrar, em vez de participar."

"Se abandonasses a cautela, poderias ser levado pela paixão como ele."

"Não", respondeu Cristo. "Há quem viva pelas regras e se agarre firmemente à retidão porque teme ser arrastado pela tormenta da paixão, e há os que se agarram às regras porque temem não existir, afinal, essa tal paixão, e acreditam que, ao se deixarem levar, poderão acabar imóveis, tolos, inertes; e, de tudo, é isso o que não poderiam suportar. Viver uma vida de controles férreos lhes permite fingir para si mesmos que é apenas com enorme força de vontade que se consegue manter domadas as grandes paixões. Sou um destes. Sei disso e não há nada que possa fazer."

"Já é alguma coisa estar consciente, pelo menos."

"Se meu irmão quisesse conversar sobre esse tema, ele o transformaria numa história, de modo a tornar a conversa memorável. Tudo o que consigo fazer a respeito é uma descrição."

"E descrever já é alguma coisa, pelo menos."

"Sim, é alguma coisa, mas não muito."

"Invejas teu irmão, é isso?"

"Eu o admiro, eu o amo e anseio por sua aprovação. Mas ele pouco se importa com a própria família; várias vezes afirmou isso. Se eu desaparecesse, Jesus nem notaria, se morresse, não daria a mínima. Penso nele o tempo todo, e ele nunca pensa em mim. Eu o amo e esse amor me atormenta. Há momentos em que me sinto como um fantasma ao lado dele; como se somente ele fosse real e eu, um devaneio. Mas invejá-lo? Invejo o amor e a admiração que tantas pessoas espontaneamente lhe devotam? Não. Acredito, de verdade, que ele mereça tudo isso e mais. Quero servi-lo... Não, acredito estar servindo-o de várias formas, das quais ele jamais tomará conhecimento."

"Tem sido assim desde a tua juventude?"

"Ele arrumava encrencas e eu os tirava delas, ou advogava por ele, ou distraía a atenção dos adultos com algum truque esperto ou observação irresistível. Ele nunca me agradeceu; tinha como certo que eu viria em seu socorro. Fico feliz em poder servi-lo."

"Se fosses como ele, não poderias servi-lo tão bem."

"Poderia servir melhor aos outros."

Foi quando a mulher perguntou: "Senhor, sou uma pecadora?".

"Sim. Mas meu irmão diria que teus pecados estão perdoados."

"E tu, dirias o mesmo?"

"Acredito que seja verdade."

"Então, senhor, faria uma coisa por mim?"

E a mulher abriu o manto e mostrou a ele o seio dilacerado por um tumor purulento.

"Se acredita que meus pecados estão perdoados", ela disse, "por favor, me cure."

Cristo virou o rosto e, em seguida, tornou a olhar para ela e falou: "Teus pecados estão perdoados".

"Devo acreditar nisso também?"

"Sim. Devo eu mesmo acreditar, e tu deves acreditar também."

"Dize-me outra vez."

"Teus pecados estão perdoados. De verdade."

"E como posso saber?"

"Deves ter fé."

"Se eu tiver fé, serei curada?"

"Sim."

"Terei fé, se tiver também, senhor."

"Tenho."

"Dize-me mais uma vez."

"Já falei... Muito bem: teus pecados estão perdoados."

"Mas não estou curada", ela disse.

E fechou o manto.

Cristo falou: "E eu não sou meu irmão. Já não tinha dito? Por que me pediste a cura, se sabias que eu não era Jesus? Alguma vez aleguei ser capaz de curar-te? Falei: 'Teus pecados estão perdoados'. Se não tens fé bastante depois de tê-lo ouvido, a culpa é tua".

A mulher se virou para a parede e cobriu o rosto com o manto.

Cristo foi embora. Estava envergonhado e, saindo da cidade, escalou umas rochas até um lugar calmo e rezou para que seus próprios pecados fossem perdoados. Chorou um pouco. Teve medo de que o anjo lhe aparecesse e se escondeu a noite toda.

As virgens prudentes
e as virgens insensatas

Ora o tempo da Páscoa se aproximava, o que levou os ouvintes de Jesus a novamente perguntar sobre o Reino: quando viria? Como reconheceriam sua vinda? O que deveriam fazer para estar preparados?

"Será assim", ele lhes disse. "Num casamento, dez virgens, tomando de suas lâmpadas, saíram ao encontro do noivo para dar-lhe as boas-vindas ao banquete. Cinco delas levaram as lâmpadas e nada mais, nenhum azeite extra, mas as outras cinco eram um pouco mais inteligentes que as primeiras e carregaram consigo alguns frascos de óleo.

"Bem, o noivo se atrasou e passaram-se as horas, as virgens todas ficando sonolentas e começando a fechar os olhos.

"Então, à meia-noite, ouviu-se um grito: 'Aí vem ele! O noivo chegou!'.

"As meninas acordaram de imediato e foram preparar suas lâmpadas. Podeis imaginar o que aconteceu em seguida: as virgens insensatas descobriram que tinham ficado sem azeite.

"'Dai-nos um pouco do vosso óleo', disseram às outras. 'Vede, nossas lâmpadas se apagam!'

"E duas das virgens prudentes dividiram seu óleo com duas das insensatas, e assim as quatro foram admitidas ao banquete. Duas das inteligentes recusaram o empréstimo do óleo, e o noivo as deixou de fora junto com outras duas das insensatas.

"Mas a última das virgens prudentes disse: 'Senhor, viemos celebrar seu casamento, todas nós. Se não nos deixar entrar todas, prefiro ficar aqui com minhas irmãs, mesmo que meu azeite se acabe.

"E por ela o noivo abriu as portas do banquete e as admitiu todas. Ora, onde estava o Reino dos Céus nessa história? Na casa do noivo? É isso o que pensais? Não, estava do lado de fora, na escuridão, com a virgem prudente e suas irmãs, mesmo que seu azeite tivesse acabado."

Cristo anotou cada palavra, mas decidiu melhorar a história mais tarde.

O desconhecido
fala de Abraão e Isaac

Na aparição seguinte do anjo, Cristo estava em Jericó. Seguia Jesus e seus discípulos, que iam a Jerusalém para a Páscoa. Jesus estava hospedado na casa de um de seus seguidores, mas Cristo alugara um quarto numa hospedaria não muito longe dali. À meia-noite, saiu para ir ao banheiro. Quando se virou para voltar para dentro, sentiu uma mão no ombro, e soube de imediato que era o desconhecido.

"As coisas estão acontecendo bem rápido agora", disse o desconhecido. "Precisamos falar de uma coisa importante. Leva-me ao teu quarto."

Lá dentro, Cristo acendeu a luz e juntou os rolos de anotações que havia preenchido.

"Senhor, o que faz desses rolos?", perguntou.

"Levo-os a um local dos mais seguros."

"Eu os verei de novo? Talvez precise editar e corrigir algumas anotações, à luz do que tenho aprendido sobre verdade e história."

"Haverá oportunidade para isso, não temas. Agora me conta do teu irmão. Como anda seu humor à medida que se aproxima de Jerusalém?"

"Parece-me sereno e confiante, senhor. Nisso não mudou nada, eu diria."

"Ele fala do que espera que aconteça lá?"

"Apenas que o Reino virá muito em breve. Talvez aconteça enquanto ele estiver no templo."

"E os discípulos? Teu informante, como vai? Ainda próximo de Jesus?"

"Diria que ele está na melhor das posições. Não é o mais próximo do meu irmão nem seu favorito — Pedro, Tiago e João são os homens a quem Jesus faz mais confidências —, mas meu informante se encontra seguramente entre os seguidores de médio escalão. Seus relatos são completos e confiáveis. Eu os confirmei."

"Precisamos pensar sobre como recompensá-lo em algum momento. Mas agora tenho de conversar contigo sobre algo difícil."

"Estou pronto, senhor."

"Tu e eu sabemos que, para que o Reino possa florescer, necessitará de um grupo de homens, e mulheres também, tanto judeus quanto gentios, que sejam fiéis seguidores sob a orientação de figuras de autoridade e sabedoria. E essa igreja — podemos chamá-la assim — precisará de homens com formidável capacidade de organização e profunda influência intelectual, tanto para conceber quanto para desenvolver a estrutura e formular as doutrinas que a manterão coesa. Esses homens existem e estão preparados, esperando. À igreja não faltará organização nem doutrina."

"Mas tu deves te lembrar, meu caro Cristo, da história de Abraão e Isaac. Deus submete seu povo a provas severas. Quantos homens de hoje seriam capazes de agir como Abraão, prontos a sacrificar o próprio filho porque assim Deus lhes tivesse ordenado? Quantos seriam como Isaac, prontos a fazer o que o pai lhes pedisse e ver suas mãos atadas e deitar-se num altar e esperar calmamente pela punhalada na serena confiança dos justos?"

"Eu o faria", Cristo respondeu de imediato. "Se é isso o que Deus quer, eu o faço. Se fosse para servir ao Reino, sim, eu faria. Se fosse para servir ao meu irmão, sim, sim, eu faria."

Falava com sofreguidão, pois sabia que aquela era uma oportunidade de reparar sua incapacidade de curar a mulher com o tumor. A fé insuficiente tinha sido a sua, não a dela; ele se dirigira a ela com rispidez e ainda se sentia envergonhado por isso.

"És dedicado a teu irmão", observou o desconhecido.

"Sim. Tudo que faço é por ele, embora ele não saiba. O que tenho feito é moldar a história especialmente para exaltar seu nome."

"Não te esqueças do que te disse da primeira vez que conversamos: teu nome brilhará e será tão grande quanto o dele."

"Não penso nisso."

"Não, mas pode confortá-lo saber que outros pensam e estão trabalhando para garantir que assim seja."

"Outros? Há outros além do senhor?"

"Uma legião. E assim será, não temas. Mas, antes que me vá, deixa-me perguntar novamente: compreendes que talvez seja necessário um homem morrer para que muitos possam viver?"

"Não, não compreendo, mas aceito. Se é a vontade de Deus, aceito, mesmo que me seja impossível compreender.

A história não diz se Abraão e Isaac compreendiam o que tinham de fazer, mas eles não hesitaram em fazê-lo."

"Lembra-te dessas tuas palavras", disse o anjo. "Voltaremos a nos falar em Jerusalém."

Ele beijou Cristo na fronte antes de partir com os rolos.

Jesus entra em Jerusalém

No dia seguinte, Jesus e seus seguidores se preparavam para partir em direção a Jerusalém. Rumores sobre sua chegada haviam se espalhado, e muita gente veio vê-lo e dar-lhe as boas-vindas em seu caminho até a cidade, pois a essa altura sua fama já estava disseminada. Os sacerdotes e os escribas, claro, estavam atentos a ele, mas não sabiam bem como reagir. Era uma questão difícil para eles: deveriam apoiá-lo e tirar proveito de sua popularidade, ao preço de não saber o que ele faria em seguida? Ou seria melhor condená-lo, correndo o risco de ofender as pessoas que o apoiavam em grande número?

Decidiram observar tudo de perto e testá-lo sempre que vissem uma oportunidade.

Jesus e seus discípulos tinham chegado a Betfajé, nas proximidades de um lugar chamado monte das Oliveiras, quando ele disse a todos que deveriam parar e descansar. Mandou que dois dos discípulos fossem buscar um animal para que pudesse seguir montado, pois estava cansado.

Tudo o que conseguiram foi um jumentinho e, quando soube para quem era a montaria, o dono se recusou a cobrar por ela.

Os discípulos colocaram suas vestes sobre o animal e Jesus entrou montado em Jerusalém. As ruas estavam tomadas por gente curiosa para vê-lo ou ansiosa por recepcioná-lo. Cristo se encontrava em meio à multidão, assistindo a tudo, e viu que uma ou duas pessoas haviam apanhado ramos das árvores para acenar em direção a Jesus; Cristo já começava a imaginar o relato que faria daquela cena. Jesus se mantinha calmo e parecia não se deixar afetar por tal clamor, ouvindo a todas as perguntas que lhe dirigia o povo sem responder a nenhuma:

"Vieste para pregar, mestre?"

"Vieste para curar?"

"O que vais fazer, Senhor?"

"Comparecerás ao templo?"

"Vieste para falar aos sacerdotes?"

"Combaterás os romanos?"

"Mestre, poderias curar meu filho?"

Os discípulos abriram caminho até a casa onde Jesus se hospedaria, e imediatamente a multidão se dispersou.

Os sacerdotes testam Jesus

Mas os sacerdotes estavam determinados a desafiá-lo e logo tiveram sua oportunidade. Tentaram três vezes, e a cada vez Jesus os desconcertou.

O primeiro teste foi quando lhe perguntaram: "Tuas pregações, tuas curas, o exorcismo de demônios — ora, com que autoridade fazes essas coisas? Quem te concedeu permissão para andar por aí causando tamanho alvoroço?".

"Posso lhes dizer", falou Jesus, "se me responderdes a seguinte questão: o batismo de João era dos Céus ou dos homens?"

Não souberam que resposta lhe dar. Recolheram-se para debater o tema. "Se respondermos que o batismo é dos Céus", confabularam, "ele dirá: 'Por que então não crestes nele?'. Mas se respondermos que tem origem humana, a multidão se zangará conosco. João é, para eles, um grande profeta."

De modo que foram obrigados a responder: "A pergunta nos parece difícil. Não sabemos respondê-la".

"Nesse caso", disse Jesus, "também não vos responderei."

O próximo teste concernia ao eterno debate dos impostos.

Disseram: "Mestre, és um homem honesto, como todos podemos ver. Não há dúvida quanto a tua sinceridade e imparcialidade; não dás preferência a ninguém, nem procuras engrandecer-te com quem quer que seja. De modo que estamos certos de que nos dará a verdadeira resposta para a questão: é lícito pagar impostos?".

Quando usaram a palavra lícito, referiam-se à lei de Moisés, mas esperavam que a armadilha levasse Jesus a dizer algo que o pusesse em maus lençóis com os romanos.

Jesus, porém, falou: "Mostrai-me uma dessas moedas com as quais são pagos os impostos".

Alguém lhe trouxe uma moeda e, olhando-a, ele disse: "Há uma imagem aqui? De quem é esta imagem? Que nome é este aqui inscrito?".

"De César, claro", responderam.

"Bem, aí está a vossa resposta. Se é de César, dai a César. O que é de Deus, a Deus."

Na terceira vez em que tentaram apanhá-lo, a prova envolvia um crime capital. Os escribas e os fariseus por acaso decidiam o destino de uma mulher flagrada em adultério. Pensaram que poderiam forçar Jesus a declarar que ela fosse apedrejada, punição autorizada pela lei, e esperavam, assim, criar-lhe dificuldades.

Eles o encontraram nos arredores do templo. Os fariseus e os escribas levaram a mulher até Jesus e a colocaram à sua frente, dizendo: "Mestre, esta mulher cometeu adultério — foi surpreendida no ato! Moisés nos ordena apedrejar tal mulher. E tu, que dizes? Devemos fazê-lo?".

Jesus sentava-se sobre uma rocha e, inclinando-se, escrevia na poeira do chão com o dedo. Não lhes deu atenção.

"Mestre, que devemos fazer?", perguntaram novamente. "Devemos apedrejá-la, como manda Moisés?"

Ele continuou calado, a rabiscar a poeira.

"Não sabemos o que fazer", insistiram. "Tu podes nos dizer. Temos certeza de que és capaz de encontrar uma solução. Ela deve ser apedrejada? Que pensas?"

Jesus levantou o olhar e espanou a poeira das mãos.

"Quem dentre vós estiver sem pecado, que atire a primeira pedra", falou.

Voltando a inclinar-se, escreveu no chão mais um pouco.

Um após o outro, os escribas e os fariseus saíram, murmurando. Jesus foi deixado a sós com a mulher.

Quando afinal se levantou, disse: "Para onde foram? Ninguém te condenou, afinal?".

"Ninguém, senhor", respondeu ela.

"Bem, melhor ires, então", falou Jesus. "Nem eu te condeno. Mas de agora em diante não peques mais."

Cristo soube disso pelo discípulo que era seu informante. Assim que terminou de ouvir a história, ele correu até o local para ver o que Jesus escrevia na poeira. O vento apagara as palavras, nada havia para ser lido naquele chão, mas perto dali alguém havia pichado as palavras JESUS É REI no muro do templo, com barro. Cristo apagou rapidamente a pichação, já seca pelo sol, pensando que aquilo poderia meter o irmão em alguma encrenca.

Jesus se enfurece com os fariseus

Pouco tempo depois, um fato provocou a ira de Jesus contra os fariseus. Ele vinha observando o modo como se comportavam, como tratavam as pessoas comuns, o ar de superioridade que assumiam. Alguém quis saber de Jesus se devia agir como os fariseus, ao que ele respondeu:

"Eles ensinam com a autoridade de Moisés, não é? E sabeis o que diz a lei de Moisés? Ouvi tudo quanto os escribas e os fariseus vos disserem e, se estiver de acordo com a lei de Moisés, obedecei. Mas fazei o que eles dizem — não o que fazem.

"Porque são hipócritas, todos eles. Vede como gostam de ostentar! Adoram o lugar de honra dos banquetes, os primeiros assentos nas sinagogas, amam receber saudações e palavras respeitosas nas praças públicas. Envaidecem-se em seu figurino imaculado, exagerando nele cada detalhe para chamar a atenção sobre sua compaixão. Encorajam a superstição e ignoram a fé genuína, enquanto o tempo todo adulam cidadãos proeminentes e se gabam da importância de seus amigos poderosos. Já não vos disse muitas vezes que é um erro pensar, que quanto maior entre os homens, mais perto de Deus se está?

"Escribas e fariseus, se estais me ouvindo — malditos sejais vós! Infindáveis são vossos escrúpulos com as minúcias da lei, enquanto esqueceis e negligenciais as grandes questões, como a justiça, a misericórdia e a fé. Espantais o mosquito da vossa vinha, mas ignorais o camelo que passa por sobre ela.

"Malditos sejais todos vós — hipócritas que sois. Pregais a modéstia e a abstinência, enquanto vos concedeis os luxos mais caros; sois como o homem que oferece a seus convidados uma taça dourada de vinho, polida por fora mas cujo interior se encontra imundo, cheio de sujeira e lodo.

"Malditos sejais todos e cada um de vós. Sois semelhantes a sepulcros caiados, belas construções, limpas e brilhantes — mas dentro delas o que há? Ossos e farrapos de toda espécie de podridão.

"Serpentes, raça de víboras! Perseguistes os melhores e os mais inocentes, saístes à caça dos mais sábios e dos mais justos para matá-los. Como pensais que haveis de escapar ao inferno?

"Jerusalém, Jerusalém — que cidade infeliz és tu. Vieram a ti os profetas e os apedrejaste à morte. Quis eu ajuntar os teus filhos como a galinha recolhe seus pintinhos debaixo das asas! Mas me deixaste? Não, nem pensar. Vê como entristeces aqueles que te amam!"

A notícia desse discurso furioso se espalhou rapidamente, e Cristo precisou trabalhar duro para manter atualizadas as anotações sobre o que dizia o irmão. E cada vez mais frequentemente ele passou a ver os muros pichados e as cascas das árvores gravadas com aquelas mesmas palavras: JESUS É REI.

Jesus e os cambistas

O acontecimento seguinte envolveu não apenas palavras. O templo abrigava muitas atividades ligadas a compra e venda: por exemplo, pombas, gado e ovelhas eram negociados com quem quisesse oferecê-los em sacrifício. Mas, como o povo vinha até ali de muitos lugares, próximos e distantes, alguns traziam dinheiro diferente da moeda local, e por isso havia cambistas no templo também, prontos a calcular as taxas de conversão e vender moeda que seria usada na compra de pombas. Certo dia, Jesus entrou no templo e, movido por sua crescente fúria contra os escribas e os sacerdotes, perdeu a paciência com toda aquela atividade mercantil e começou a virar as mesas dos cambistas e dos vendedores de animais.

Ele as jogou de um lado para o outro e, com um chicote, espantou os animais, dizendo: "Esta deveria ser uma casa de oração, mas olhai para isto! É um covil de ladrões! Carregai vosso dinheiro e vossas compras e vendas para outra parte e deixai este lugar para Deus e seu povo!".

Os guardas vieram correndo para tentar restabelecer a ordem, mas o povo estava exaltado demais para lhes dar ouvidos, e alguns se debatiam catando as moedas que haviam se espalhado pelo chão antes que os cambistas pudessem salvá-las. Na confusão, os guardas perderam Jesus de vista e o deixaram escapar.

Os sacerdotes discutem o que fazer com Jesus

Claro, os sacerdotes e funcionários do templo souberam de tudo isso e se reuniram na casa do sumo sacerdote Caifás para analisar como reagiriam.

"Precisamos detê-lo, de um jeito ou de outro", disse um deles.

"Prendê-lo? Matá-lo? Enviá-lo ao exílio em algum lugar?"

"Mas ele é tão popular. Se o combatermos, não teremos o apoio do povo."

"O povo é volúvel. Pode ser manobrado para um lado ou para outro."

"Bem, não temos conseguido manobrá-lo. Estão todos a favor de Jesus."

"Pode-se mudar essa situação num piscar de olhos, usando da provocação certa..."

"Ainda não consigo ver o que é que ele fez de errado."

"O quê? Provocar uma revolta no templo? Incitar o povo a um estado nada saudável de alvoroço? Se não vês o que há de errado aí, os romanos certamente verão."

"Não compreendo o que ele quer. Se lhe oferecermos um alto posto aqui, será que aceitaria e se calaria?"

"Ele prega a vinda do Reino de Deus. Não acho que possa ser subornado com um salário e uma sala confortável."

"É um homem de grande integridade — dizei o que quiserdes, mas ao menos isso temos de conceder-lhe."

"Vistes esse slogan que picham por toda parte: Jesus é Rei?"

"Pode ser essa a solução. Se conseguíssemos convencer os romanos de que aí existe uma ameaça à ordem..."

"Trata-se de um zelote, não? É isso o que o motiva?"

"Os zelotes já devem ter ouvido falar nele. Precisamos agir antes deles."

"Não podemos fazer nada durante as festividades."

"Precisamos de alguém infiltrado. Se pudéssemos saber o que ele planeja..."

"Impossível. Seus seguidores são fanáticos... jamais o entregariam."

"Isso não pode continuar. Temos de fazer alguma coisa, e rápido. Ele já agiu como quis por tempo demais."

Caifás ouviu a todos em silêncio, e sua mente ficou perturbada.

Cristo e seu informante

Cristo estava numa hospedaria nos arredores da cidade. Naquela noite, jantou com seu informante, que lhe contou do incidente no templo. Cristo já ouvira rumores sobre o que tinha acontecido e estava ansioso para esclarecer os fatos, de modo que fez anotações em sua tabuinha enquanto comiam.

"Jesus parece cada vez mais furioso", falou Cristo. "Sabes me dizer por quê? Ele falou com algum de vós sobre isso?"

"Não, mas Pedro está certo de que Jesus corre perigo, e sua preocupação é que o mestre seja preso antes da vinda do Reino. O que aconteceria então, com Jesus na cadeia? Seriam os portões todos abertos e as grades escancaradas? É o mais provável que aconteça. Mas Pedro está nervoso, não há dúvida."

"E Jesus, achas que ele está nervoso também?"

"Não nos disse. Mas todos estamos sobressaltados. Não sabemos o que farão os romanos, por exemplo. E as multidões... estão todas com Jesus neste momento, mas isso tem limites. Tu sabes bem. As pessoas andam alvoroçadas demais. Querem o Reino imediatamente, e se..."

O homem hesitou.

"Se?", disse Cristo. "Se o Reino não vier, era isso o que ias dizer?"

"Claro que não. Não há dúvida de que virá. Mas um negócio como o que aconteceu no templo esta manhã... Tem horas que eu preferia que nunca tivéssemos saído da Galileia."

"E como reagem os outros discípulos?"

"Nervosos, sobressaltados, como eu disse. Se o mestre não estivesse tão furioso, todos ficaríamos mais calmos. Parece que ele procura uma briga."

"Mas meu irmão disse que, quando agredidos, devemos oferecer a outra face."

"Ele disse também que não tinha vindo trazer paz, mas a espada."

"Quando falou isso?"

"Em Cafarnaum, não muito tempo depois de Mateus se juntar a nós. Jesus nos falava de como agir quando saíssemos para pregar: 'Não penseis que vim trazer paz à Terra. Não vim trazer paz, mas sim a espada. Vim contrapor o homem ao seu pai, a filha à sua mãe e a nora à sua sogra; e os inimigos do homem serão seus próprios familiares'." Cristo anotou tudo tal como o apóstolo lhe contou.

"Soa perfeitamente como o tipo de coisa que ele diria", Cristo falou. "Disse algo mais?"

"Ele disse também: 'Aquele que acha a sua vida, a perderá, mas quem perde sua vida por causa de mim, a achará'. Alguns de nós temos repensado essas palavras ultimamente."

O desconhecido diz
a Cristo qual será seu papel

O homem se despediu e voltou depressa para o grupo. Cristo seguiu para o quarto a fim de transcrever as palavras do informante para um de seus rolos, e então se ajoelhou com a intenção de orar pela força de que necessitaria para enfrentar o teste que se aproximava.

Mas não chegou a rezar muito antes de ouvir batidas à porta. Já sabendo quem era, levantou-se e fez entrar o anjo.

O anjo o cumprimentou com um beijo.

"Estou pronto, senhor", Cristo falou. "É hoje?"

"Temos um tempinho para conversar antes. Senta-te e toma um vinho."

Cristo serviu-se de um pouco de vinho e pôs outro tanto para o anjo também, pois sabia que os anjos haviam comido e bebido com Abraão e Sara.

– Senhor, como não permanecerei aqui por muito tempo", disse Cristo, "será que poderia responder à questão que lhe dirigi mais de uma vez, revelando-me quem é e de onde vem?"

"Pensei que confiássemos um no outro, tu e eu."

"Entreguei minha vida em tuas mãos. Tudo que peço em troca é um pouco de informação."

"Essa não é a primeira vez que tua fé fraqueja."

"Se sabe qual foi a outra ocasião em que isso ocorreu, senhor, deve saber também o quanto lamentei que acontecesse. Daria qualquer coisa para viver novamente aquela noite. Mas não tenho feito fielmente tudo o que me pede? Não tenho mantido um registro verdadeiro da vida e das palavras do meu irmão? E, hoje, não consenti em assumir o papel que me destinou na última vez em que conversamos? Estou pronto a atuar como Isaac. Pronto a dar minha vida pelo Reino e me redimir porque minha fé fraquejou no momento em que era mais necessária. Senhor, eu imploro, conte-me mais. Do contrário, partirei desta vida nas trevas."

"Avisei-te de que essa seria uma missão difícil. O papel de Isaac é fácil; difícil é o papel de Abraão. Não morrerás. Terás de entregar Jesus às autoridades. É ele quem deve morrer."

Cristo ficou aturdido.

"Trair meu irmão, se o amo tanto? Jamais poderia fazê-lo! Senhor, é muito difícil! Eu imploro, não me peça tal coisa!"

Em seu desconcerto, Cristo tinha se levantado, batido uma mão contra a outra e depois contra a própria cabeça. Em seguida, atirou-se ao chão, agarrando-se às pernas do anjo na altura dos joelhos.

"Deixe-me morrer no lugar dele, eu imploro!", gritou. "Somos parecidos — ninguém desconfiaria — e ele poderia continuar sua obra! Que faço eu além das minhas anotações? Qualquer um poderia fazê-lo! Meu informante é um homem bom e honesto, poderia continuar os relatos, ocupa um lugar privilegiado para dar sequência à história que comecei — o senhor não precisa de mim para viver! Ao longo de toda minha vida venho tentando servir ao meu irmão e agora, quando pensei que poderia prestar--lhe o maior dos favores morrendo em seu lugar, vai me privar disso obrigando-me a traí-lo? Não me force a isso! Não posso fazê-lo, não posso; livre-me de tal coisa!"

O anjo afagou os cabelos de Cristo.

"Senta-te agora", ele disse, "e vou te contar um pouco do que venho guardando."

Cristo enxugou as lágrimas e tentou se recompor.

"A verdade de tudo o que digo já te é conhecida", começou o desconhecido. "Disseste muito dela a Jesus nas tuas próprias palavras. Disseste a ele que as pessoas precisam de milagres e sinais; falaste da importância dos eventos notáveis para que se possa convencê-las a crer. Ele não te escutou, pois imaginava que o Reino chegaria muito em breve e não haveria necessidade de se usar da persuasão. E, de novo, clamaste para que ele aceitasse a existência do que concordamos em chamar de igreja. Ele escarneceu da ideia, mas estava enganado, e tu estavas certo. Sem milagres, sem a igreja, sem as escrituras, o poder de suas palavras e de seus feitos será como água derramada sobre a areia. Umedece por um momento e logo vem o sol e seca, e em pouco tempo não resta nem sinal do que algum dia esteve ali. Mesmo a história que começaste a escrever tão meticulosamente, com tanta diligência e cuidado em favor da verdade, mesmo isso será varrido como folhas secas e esquecido. O nome Jesus nada significará para a próxima geração, tampouco o nome Cristo. Quantos curandeiros, exorcistas e pregadores perambulam pelas estradas da Palestina? Dúzias e mais dúzias. Todos acabarão esquecidos, assim como Jesus. A menos que..."

"Mas o Reino", Cristo falou, "o Reino virá!"

"Não", disse o anjo, "não haverá Reino algum neste mundo. Estavas certo a respeito disso também."

"Jamais neguei o Reino!"

"Sim, tu o fizeste. Quando descrevias a igreja, falavas como se não pudesse haver o Reino sem ela. E estavas certo."

"Não, não! Falei que, se essa fosse a vontade de Deus, ele seria capaz de trazer o Reino a esta terra erguendo não mais do que um dedo."

"Mas Deus não quer. Deus quer que a igreja seja como uma imagem do Reino. A perfeição não é deste mundo; tudo que podemos ter é uma imagem da perfeição. Jesus, com sua pureza, exige demais das pessoas. Sabemos que não são perfeitas, como ele deseja que sejam; precisamos nos adaptar ao que elas são. Repara, o verdadeiro Reino cegaria os seres humanos como o Sol, mas eles necessitam de uma imagem, ainda assim. E é isso o que a igreja será. Meu caro Cristo", prosseguiu o desconhecido, chegando mais perto, "a vida humana é difícil; há coisas profundas, compromissos e mistérios que, aos olhos dos inocentes, parecerão traição. Deixa que os sábios da igreja suportem esses fardos, pois há muitos outros que os fiéis carregarão. Há crianças para serem educadas, doentes para serem cuidados, famintos para alimentar. É a congregação dos fiéis que fará todas essas coisas, sem medo, sem interesses, sem descanso, e ainda fará mais, pois há ainda outras carências. Há o desejo de beleza, de música, de arte; e essa carência é uma dupla bênção, porque as coisas que virão satisfazê-la não se consomem, seguem alimentando quem delas tiver fome, uma vez e outra mais e para sempre. A igreja que descreves inspirará todas essas coisas e as proverá totalmente. E há a nobre paixão pelo conhecimento e pela pesquisa, pela filosofia, pelo mais alto dos estudos, que é o da natureza e do próprio mistério da divindade. Sob orientação e proteção da igreja, todas essas necessidades humanas, da mais banal e física à mais rara e espiritual, serão contempladas uma vez e outra mais, e toda promessa será cumprida. A igreja não será o Reino, pois o Reino não é deste mundo; mas será como uma projeção dele, e o único caminho seguro para atingi-lo.

"Mas somente — tão somente — se no centro dela houver a presença perene de um homem que seja mais do que um homem, um homem que seja Deus e a palavra de Deus, um homem que morra e seja de novo trazido à vida. Sem isso a igreja secará e perecerá, uma casca vazia, como qualquer outra criação humana que vive por um instante e depois morre e desaparece."

"O que dizes? Que é isso? Ser trazido de volta à vida?"

"Se ele não voltar à vida, então nada terá sido verdadeiro. Se não se levantar de seu sepulcro, a fé de milhões que ainda não nasceram morrerá no útero, e este é um sepulcro do qual nada poderá erguer-se. Falei-te sobre a verdade não ser o mesmo que a história, e que a verdade está fora do tempo e penetra nas trevas como uma luz. Essa é a verdade. Uma verdade que a tudo tornará verdadeiro. Uma luz que iluminará o mundo."

"Mas e isso acontecerá?"

"Que teimosia! Que dureza de coração! Sim, acontecerá, quando creres."

"Mas sabes como é fraca a minha fé! Nem mesmo fui capaz... Sabes do que não fui capaz."

"Estamos discutindo a verdade, não a história", lembrou-lhe o anjo. "Podes viver a história, mas deves escrever a verdade."

"É na história que quero vê-lo ressuscitar."

"Então crê."

"E se eu não for capaz?"

"Então pensa numa criança órfã, perdida, com fome e frio. Pensa num homem doente, devastado pela dor e pelo medo. Pensa numa mulher agonizante, aterrorizada pelas trevas que se aproximam. Haverá mãos estendidas a consolá-los e alimentá-los e aquecê-los, haverá vozes bondosas a reconfortá-los, haverá camas macias e hinos de doçura e consolo e alegria. E todas essas bondosas mãos e doces vozes cumprirão sua missão com boa vontade porque sabem que um homem morreu e ressuscitou, e que essa é uma verdade suficiente para anular todo o mal do mundo."

"Mesmo que nunca tenha acontecido tal coisa."

O anjo não disse nada.

Cristo esperou pela resposta, que não veio. Então falou: "Agora entendo. O que é a morte de um homem se, sem ela, nenhuma dessas belas coisas se tornará realidade? É isso o que estás dizendo. Se soubesse que acabaria assim, me pergunto se algum dia teria dado ouvidos ao que contas. E não me surpreende que tenhas esperado até agora para esclarecer tudo. Me apanhaste numa rede e nela me enrosquei como um gladiador que não vê saída."

O anjo continuou sem dizer nada.

Cristo retomou: "E por que eu? Por que a mão que irá traí-lo tem de ser a minha? Como se fosse tão difícil assim achá-lo. Como se toda Jerusalém não soubesse que cara tem. Como se não houvesse uma caterva de gananciosos disposta a entregá-lo em troca de um punhado de moedas. Por que eu?".

"Te lembras do que disse Abraão quando se viu condenado a sacrificar o próprio filho?", perguntou, então, o anjo.

Cristo se calou.

"Não disse nada", respondeu, finalmente.

"E te lembras do que aconteceu quando ele ergueu a faca?"

"Um anjo lhe disse que não machucasse o menino. E então ele viu um cordeiro preso pelos chifres num arbusto."

O anjo se levantou para partir.

"Deixa estar, meu caro Cristo", ele completou. "Reflete sobre tudo isso. Quando estiveres pronto, vai à casa de Caifás, o sumo sacerdote."

Cristo na piscina de Betesda

Cristo decidiu ficar no quarto e refletir sobre o cordeiro preso pelos chifres num arbusto: será que o anjo quisera dizer, com isso, que alguma coisa aconteceria e, no último instante, seu irmão seria salvo? O que mais poderia significar aquela história? Mas o quarto era pequeno e apertado, e Cristo precisava de ar fresco. Enrolou-se no manto e foi para a rua. Caminhou na direção do templo, para em seguida se afastar dele; seguiu para o portão de Damasco, mas virou para algum lado, se à esquerda ou à direita, ele próprio não saberia dizer; e logo se encontrava na piscina de Betesda. Aquele era um local ao qual acorriam todos os tipos de inválidos em busca de cura. A piscina era cercada de pórticos, sob os quais dormiam os doentes, deitados ali a noite toda, embora não devessem permanecer exceto à luz do dia.

Cristo cruzou os pórticos em silêncio e sentou nos degraus que desciam à piscina. Era quase lua cheia, mas o céu estava coberto de nuvens, e Cristo não conseguia enxergar muita coisa além da pedra clara e da água escura. Não fazia mais de um minuto que ali estava quando ouviu um farfalhar, virou-se alarmado e viu que alguma coisa se movia na sua direção: era um homem com as pernas paralisadas que se arrastava laboriosamente sobre a pedra do calçamento.

Cristo se levantou, pronto para partir, mas o homem disse: "Espere, senhor, espere por mim".

Cristo voltou a sentar. Queria ficar só, mas lembrou-se da descrição que lhe fizera o anjo sobre a boa obra a ser realizada pela igreja que ambos desejavam ver fundada; como poderia voltar as costas àquele pobre homem? Ou teria aquele mendigo, por algum inimaginável caminho, vindo até ali para se transformar no cordeiro a ser sacrificado no lugar de Jesus?

"Como posso ajudar-te?", Cristo falou baixinho.

"É só ficar aqui e conversar comigo por um ou dois minutos, senhor. Isso é tudo o que quero."

O aleijado deu um impulso para erguer o tronco e ali ficou, perto de Cristo, a respiração pesada.

"Há quanto tempo esperas por uma cura?", perguntou Cristo.

"Doze anos, senhor."

"E ninguém nunca te ajudou a entrar nesta água? Devo ajudar-te agora?"

"Não adianta, senhor. Acontece que um anjo aparece de tempos em tempos e faz a água se agitar, então o primeiro a entrar nela fica curado. Não consigo me movimentar tão rápido, como podes ver."

"Como vives? O que comes? Tens amigos ou família que cuidem de ti?"

"Tem um pessoal que vem de vez em quando e nos dá um pouco de comida."

"Por que fazem isso? Quem são essas pessoas?"

"Não sei quem são. Doam a comida porque... não sei por quê. Talvez sejam simplesmente boas pessoas."

"Não sejas estúpido", disse outra voz na escuridão. "Ninguém é bom. Não é da natureza ser bom. Fazem o que fazem para que outros passem a admirá-los. Do contrário, não fariam."

"Não sabes de nada", falou uma terceira voz, vinda dos pórticos. "Há formas mais rápidas de se ganhar a admiração dos outros do que fazendo o bem. Fazem porque têm medo."

"Medo do quê?", disse a segunda voz.

"Do inferno, seu cego tolo. Acham que podem se livrar do inferno fazendo o bem."

"Não interessa por que fazem", respondeu o aleijado, "contanto que façam. Enfim, algumas pessoas simplesmente são boas."

"Algumas pessoas são apenas indolentes, como tu, verme", falou a terceira voz. "Por que em doze anos ninguém te ajudou a descer às águas? Hein? Porque és imundo, por isso. Fedes, como todos aqui. Lançam-te um pedaço de pão, mas não se atrevem a tocar em ti. É assim que sabem ser bons. Sabes o que seria verdadeira caridade? Nada de pão. Pão não lhes faz falta. Podem comprar mais quando quiserem. A verdadeira caridade seria que uma jovem e bela prostituta viesse nos divertir de graça. Podes imaginar uma garota de traços delicados e pele sedosa vindo se aconchegar em meus braços, com minhas feridas vertendo pus sobre seu corpo todo e fedendo como um monte de estrume? Se és capaz de imaginar isso, então compreendes o que é a verdadeira bondade. Quem dera eu mesmo conseguisse imaginá-la. Poderia viver mil anos que nunca veria bondade como essa."

"Porque não seria bondade", disse o cego. "Seria perversidade e fornicação, e tanto tu quanto ela seriam castigados."

"E a velha Sara?", interveio o aleijado. "Ela apareceu aqui na semana passada. Fez o que disseste sem cobrar nada."

"Porque é uma louca bêbada", retrucou o leproso. "Louca o bastante para se deitar contigo, enfim. Mas mesmo ela não faria o mesmo comigo."

"Nem uma prostituta morta se deitaria contigo, leproso imundo", falou o cego. "Levantaria da sepultura e rastejaria o esqueleto para longe antes disso."

"Dize-me o que é a bondade, então", respondeu o leproso.

"Queres saber o que é a bondade? Vou te dizer o que é. Bondade seria tomar de uma faca afiada e correr a cidade à noite cortando as gargantas de todos os homens ricos, e de mulheres e filhos e servos deles também, de toda coisa viva que habitasse suas casas. Isso seria um ato supremo de bondade."

"Não podes considerar tal coisa como fazer o bem", disse o aleijado. "Ricas ou pobres as vítimas, seria assassinato do mesmo jeito. Isso é proibido. Tu bem sabes."

"Ignorante. Não conheces as escrituras. Quando o Rei Senaquerib sitiava Jerusalém, o anjo do Senhor desceu para massacrar oitenta e cinco mil de seus soldados durante a noite, enquanto dormiam. Foi um ato de bondade. É sagrado e justo o massacre dos opressores — sempre foi. Dize-me se nós, os pobres, não somos oprimidos pelos ricos? Se fosse rico, eu teria servos para levar e trazer o que quisesse, teria uma esposa para se deitar comigo, teria filhos para honrar meu nome, teria harpista e cantores para me proporcionar boa música, teria administradores para olhar pelo meu dinheiro e tomar conta das minhas propriedades e dos meus bens, teria tudo que fosse preciso para tornar mais fácil a vida de um cego. O sumo sacerdote me visitaria e, cego ou não, eu seria reverenciado nas sinagogas e respeitado em toda a Judeia."

"E farias caridade a um pobre aleijado da piscina de Betesda?", perguntou o homem com as pernas paralisadas. "Não, não faria. Não doaria um tostão. E por que não? Porque continuaria a ser cego e incapaz de enxergar-te; e, se tentassem me falar de ti, não daria ouvidos. Porque eu seria rico. Tu não terias a menor importância para mim."

"Bem, então merecerias mesmo ter a garganta cortada", disse o leproso.

"É exatamente o que estou dizendo, não é?"

Cristo falou: "Existe um homem chamado Jesus. Um santo, capaz de realizar curas. Se ele viesse até aqui...".

"Perda de tempo", atalhou o leproso. "Tem uma dúzia ou mais de mendigos que aparecem por aqui, fingindo-se de aleijados, contratados por esses curandeiros. Alguns tostões e eles juram que foram aleijados ou cegos por anos e fingem uma porcaria de cura milagrosa. Santos? Curandeiros? Não me faças rir."

"Mas esse homem é diferente", disse Cristo.

"Lembro-me dele", falou o cego. "Jesus. Veio até aqui no Shabat, feito um tolo. Os sacerdotes não permitem curas no Shabat. Ele deveria saber disso."

"Mas ele curou uma pessoa, de fato", disse o aleijado. "O velho Hiram. Vós vos lembrais. Ele disse ao velho que tomasse de sua cama e fosse para casa."

"Pura enganação", opinou o cego. "Hiram foi até as portas do templo, voltou a se deitar e continuou sua mendicância. A velha Sara me contou. Ele pensou: para que arruinar com minha fonte de renda? Esmolar era a única coisa que sabia fazer. Tu e tua tagarelice sobre bondade", disse, voltando-se para Cristo. "Onde está a bondade em atirar à rua um homem sem meios de vida, sem uma casa, sem um tostão? Hein? Esse tal de Jesus está pedindo demais."

"Mas ele *era* uma boa pessoa", lembrou o aleijado. "Não interessa o que digas. Dava para sentir isso, dava para ver nos olhos dele."

"Eu não vi nada", respondeu o cego.

Cristo se dirigiu ao aleijado: "E o que pensas que é a bondade?".

"Nada mais que um pouco de companhia humana, senhor. Um pobre tem pouco do que desfrutar nesta vida, e um aleijado, então, menos ainda. O toque suave de uma mão é ouro para mim, senhor. Seria uma grande sorte se me abraçasse, senhor, e me envolvesse em seus braços por um momento e me beijasse."

O homem fedia. O cheiro de fezes, urina, vômito e anos de imundície acumulada era como uma nuvem que dele emanava. Cristo se aproximou e tentou abraçá-lo, mas teve de se desviar, recuar e tentar de novo. Houve um momento em que ficaram desajeitados, o aleijado com os braços estendidos para retribuir o abraço, e então o fedor foi demasiado e Cristo precisou beijá-lo rapidamente e afastá-lo, levantando-se em seguida.

Ouviu-se uma risada curta na escuridão sob os pórticos.

Cristo se apressou a sair dali, para longe, respirando profundamente o ar frio, e só depois de cruzar a grande torre nos limites do complexo do templo descobriu que, no momento daquele abraço desajeitado, o aleijado lhe roubara a carteira da cinta.

Tremia ao sentar num canto do muro, chorando sozinho pelo dinheiro que tinha perdido, pelos três homens da piscina de Betesda, por seu irmão Jesus, pela prostituta com o tumor, por todos os pobres do mundo, por seus pais, pela própria infância, quando era tão fácil ser bom. As coisas não podiam continuar daquele jeito.

Quando se recompôs, foi encontrar o anjo na casa de Caifás, mas não tinha conseguido parar de tremer.

Caifás

Quando Cristo chegou, encontrou o anjo esperando por ele no pátio, e os dois foram levados de imediato à presença do sumo sacerdote, que terminava sua oração. Dispensara todos os demais sacerdotes, alegando que precisava refletir sobre o que tinham dito; mas saudou o anjo como se fosse um estimado conselheiro.

"É este o homem", disse o anjo, apontando para Cristo.

"É muita gentileza de vossa parte terem vindo. Posso vos oferecer algo?", falou Caifás.

Mas Cristo e o anjo recusaram.

"Melhor assim, talvez", emendou Caifás. "Essa é uma empreitada infeliz. Não quero saber como te chamas. Teu amigo deve ter dito do que necessitamos. Os guardas que prenderão Jesus foram trazidos de outro lugar e não sabem como ele é, de modo que precisamos de alguém que o entregue. Estás disposto a isso?"

"Sim", respondeu Cristo. "Mas por que tiveste de trazer guardas extras?"

"Há uma considerável controvérsia — estou sendo bastante franco — não apenas no nosso conselho, mas entre as pessoas em geral, e os guardas não ficam imunes. Aqueles que viram e ouviram Jesus ficaram alvoroçados, suscetíveis, instáveis; alguns o amam e outros o deploram. Preciso enviar uma tropa na qual possa confiar, e que não acabe entrando em desavenças. A situação é muito delicada."

"O senhor mesmo o viu e ouviu?", quis saber Cristo.

"Por azar, não tive a oportunidade. Tive acesso, naturalmente, a relatos completos das palavras e atos desse homem. Se os tempos fossem outros, menos difíceis, teria o maior prazer em conhecê-lo e com ele discutir questões de interesse comum. Mas preciso manter um equilíbrio muito complicado. Minha preocupação maior é preservar unida a congregação dos fiéis. Existem facções desejosas de emancipação e associação com os zelotes; outras gostariam de me ver incitar todos os judeus em desafio aberto aos romanos, nada menos; e há os que me pressionam a manter boas relações com o governo, argumentando que nosso principal dever é preservar a paz e as vidas dos nossos. Sou obrigado a satisfazer ao máximo todas essas demandas sem ao mesmo tempo alienar aqueles que acabam desapontados, e acima de tudo, como costumo dizer, manter alguma unidade. É difícil segurar esse equilíbrio. Mas o Senhor pôs esse fardo sobre meus ombros e devo suportá-lo o quanto puder."

"Que farão os romanos a Jesus?"

"Eu...", Caifás abriu bem os braços. "Farão o que tiverem de fazer. Não demorariam a capturá-lo eles mesmos, de qualquer maneira. E esse é outro problema que temos; se as autoridades religiosas não tomarem providências em relação a esse homem, vai parecer que o apoiamos, o que pode expor todos os judeus ao perigo. Devo olhar pelo meu povo. O governador, infelizmente, é um bruto. Se estivesse ao meu alcance salvar esse tal de Jesus, se pudesse operar o milagre de transportá-lo num instante à Babilônia ou a Atenas, eu o faria imediatamente. Mas estamos premidos pelas circunstâncias. Não há nada mais que eu possa fazer."

Cristo fez uma mesura com a cabeça. Ele podia ver que Caifás era um homem bom e honesto, e que não havia outra saída.

O sumo sacerdote se virou para apanhar um pequeno saco de dinheiro.

"Deixa que te pague pelo incômodo que te causamos", disse.

E Cristo se lembrou de que sua carteira fora roubada e de que ainda devia pelo aluguel do quarto. Ao mesmo tempo, sentia-se envergonhado por aceitar o dinheiro de Caifás. Sabia que o anjo observava sua hesitação e se voltou a ele para explicar.

"É que minha carteira foi..."

Mas o anjo ergueu uma das mãos em atitude compreensiva. "Não precisas explicar", falou. "Toma o dinheiro. É uma oferta perfeitamente honesta."

E Cristo pegou, e de novo se sentiu mal.

Caifás se despediu dos dois e convocou o capitão da guarda.

Jesus no jardim de Getsêmani

Ao longo de toda aquela noite Jesus estivera reunido com seus discípulos e falando com eles, mas à meia-noite disse: "Vou sair. Pedro, Tiago, João, vinde comigo; os demais, permanecei aqui e dormi".

Eles então deixaram os outros e caminharam na direção de um dos portões da cidade, o que ficava mais perto dali.

Pedro falou: "Mestre, tem cuidado esta noite. Há um rumor de que a guarda do templo foi reforçada. E o governador busca um pretexto para atacar — todos estão comentando".

"E por que faria isso?"

"Por causa desse tipo de coisa", disse João, apontando para uma pichação em barro, num muro próximo, com os dizeres JESUS É REI.

"Fostes vós quem escrevestes aquilo?", perguntou Jesus.

"Claro que não."

"Bem, então não vos diz respeito também. Ignorai."

João sabia que dizia, sim, respeito a todos eles, mas não disse nada. Diminuiu o passo para apagar a pichação e depois se apressou a alcançar os outros.

Jesus atravessou o vale para chegar a um jardim entre os elevados do monte das Oliveiras.

"Esperai aqui", disse ele. "Vigiai. Vou ver se não há ninguém."

Sentaram debaixo de uma oliveira e se enrolaram em seus mantos, pois fazia frio naquela noite. Jesus se afastou um pouco e se ajoelhou no chão.

"Não estais me ouvindo", sussurrou. "Tenho falado contigo minha vida toda e tudo que recebo em retorno é silêncio. Onde estás? Estás aí em meio às estrelas? É isso? Ocupado construindo outro mundo, talvez, porque estás cansado deste aqui? Foste embora, não é? Nos abandonaste.

"Fazes de mim um mentiroso, e sabes disso. Não quero mentir. Tento dizer a verdade. Mas digo ao povo que és um pai amoroso que olha por ele, e não és; és cego e também surdo, até onde sei. Não és capaz de ver, ou simplesmente não queres enxergar? Qual dos dois?

"Não respondes. Não te interessas.

"Se estavas me ouvindo, sabes o que quis dizer com verdade. Não sou um desses enganadores, um desses filósofos perspicazes, com suas bobagens de aroma grego sobre um mundo puro de formas espirituais no qual tudo é perfeito, e que seria o único lugar onde a autêntica verdade pode existir, ao contrário do que vemos neste mundo corrupto e nojento e cheio de mentira e imperfeição... Já os escutaste falar? Pergunta idiota. Também não te interessa a calúnia.

"E é de calúnia que se trata mesmo; fizeste este mundo, e ele é adorável, cada pequena parte dele. Quando penso nas coisas que amei, quase estouro de felicidade, ou talvez de tristeza, não sei; e cada uma dessas coisas corresponde a algo deste mundo que criaste. Quem já sentiu o cheiro do peixe frito à beira de um lago, ou uma brisa fresca num dia quente, ou já viu algum animalzinho correndo e capotando e se levantando para correr de novo, ou já beijou lábios suaves e acolhedores, quem já sentiu qualquer uma dessas coisas e ainda assim sustenta que são cópias rudes e imperfeitas de outras muito melhores que existiriam em outro mundo, este é quem te calunia, Senhor, tão certo quanto podem as palavras ter significado. Mas os caluniadores não acham que as palavras valham o que quer que seja; para eles, elas são apenas símbolos que servem a seus joguinhos sofisticados. A verdade pode ser isso, e depois aquilo, e o que é a verdade, enfim, e por aí vão, esses fantasmas sem sangue nas veias.

"Está nos salmos: 'O tolo leva no coração esta frase: Não há Deus!? Pois eu entendo esse tolo. Tu o trataste como me tratas, não foi? Se isso faz de mim um tolo, sou apenas mais um dos muitos que criaste. E amo aquele tolo, mesmo que tu não o ames. O pobre-diabo sussurrou a ti noite após noite e não obteve resposta. Respondeste até mesmo a Jó, com todos os problemas que causou. Mas o tolo e eu como que falamos para o oco de um vaso, apesar de que mesmo aí teríamos o som do vento, que é o que se escuta ao encostar um vaso no ouvido. É alguma resposta, pelo menos.

"É isso que estás me dizendo? Que ouço tua voz ao escutar o vento? Que, ao observar as estrelas, ou a casca de uma árvore, ou as ondinhas que quebram na areia à beira d'água, vejo a tua escrita? Coisas adoráveis essas, todas elas, não há dúvida, mas por que as fizeste tão difíceis de ler? Quem poderia traduzi-las para nós? Te escondes atrás de enigmas e charadas. Será que o Senhor Deus se comporta como um daqueles filósofos, dizendo coisas apenas para nos desconcertar e confundir? Não, não posso acreditar nisso. Por que tratas teu povo desse jeito? O Deus que criou a água tão limpa e doce e fresca não a misturaria com lama antes de dá-la a beber a seus filhos. Então, qual é a resposta? Essas coisas todas estão repletas das tuas palavras e tudo que temos a fazer é perseverar, tentando lê-las? Ou são coisas vazias e sem sentido? Qual dos dois?

"Não respondes, naturalmente. Ouve esse silêncio. Nem um sopro de vento; os insetos arranhando a grama; Pedro roncando, lá adiante, debaixo das oliveiras; um cão latindo em alguma propriedade ao longe, nas montanhas atrás de mim; uma coruja no vale; e o infinito silêncio sob tudo isso. Não estás nos sons, estás? Deve ter alguma pista aí. Adoro os pequenos insetos. Aquele é um bom cão; confiável; morreria protegendo a propriedade. A coruja é bela e toma conta da sua cria. Até mesmo Pedro é um homem cheio de bondade, apesar da barulheira e do alvoroço de seu ronco. Se eu pensasse que estás nesses sons, poderia amar-te de todo o meu coração, ainda que fossem os únicos sons que produzisses. Mas estás no silêncio. Não dizes nada.

"Deus, haveria alguma diferença entre o que acabo de dizer e dizer simplesmente que não existes? Posso imaginar algum sacerdote espertinho, no futuro, tentando iludir seus pobres fiéis: 'A grande ausência de Deus é, claro, o próprio sinal de sua presença', ou alguma outra bobagem desse tipo. E o povo ouvirá suas palavras, e tomará o sacerdote como alguém muito inteligente por dizer tais coisas, e tentará crer nelas; e cada um seguirá para casa confuso e faminto porque aquilo não faz sentido. O sacerdote é pior que o tolo dos salmos, que pelo menos é honesto. Quando o tolo ora e não obtém resposta, conclui que tudo o que a grande ausência de Deus significa é que ali não existe mesmo porcaria nenhuma.

"Que direi eu ao povo amanhã, e depois de amanhã, e depois de depois de amanhã? Continuarei a afirmar coisas nas quais não consigo crer? Meu coração estará fatigado; meu estômago, inquieto e enjoado; minha boca cheia de cinzas e minha garganta queimando em bile. Chegará o dia em que direi a um pobre leproso que seus pecados estão perdoados e que suas feridas serão curadas, e ele responderá: 'Mas continuam tão feias quanto sempre foram. Onde está a cura que me prometeste?'.

"E o Reino...

"Terei eu mesmo me iludido tanto quanto todo mundo? Que tenho feito, afirmando às pessoas que está a caminho, e que muitos dos que hoje vivem presenciarão a chegada do Reino de Deus? Vejo que esperamos, e esperamos, e esperamos... Estaria certo o meu irmão quando me falou dessa grande organização, dessa sua igreja que serviria de apoio ao Reino na Terra? Não, estava enganado, estava enganado. Me revoltei contra essa ideia com todo o meu coração e a minha mente e o meu corpo. Ainda me revolto.

"Porque posso ver exatamente o que aconteceria se esse tipo de coisa se concretizasse. O diabo esfregaria as mãos em júbilo. Assim que os homens imbuídos da ideia de que cumprem a vontade de Deus assumissem o poder, fosse dentro de casa ou num vilarejo ou em Jerusalém ou na própria Roma, o diabo tomaria conta deles. Não demoraria muito para que começassem a fazer listas de punições para toda espécie de atividades inocentes, sentenciando as pessoas ao açoite ou ao apedrejamento em nome de Deus por vestirem isso ou comerem aquilo ou acreditarem naquilo outro. E os privilegiados erguerão imensos palácios e templos para neles desfilar e farão aumentar os impostos cobrados aos pobres para financiar seus luxos; e começarão a fazer segredo das próprias escrituras, alegando haver algumas verdades sagradas demais para se revelar ao povo, de modo que somente a interpretação dos sacerdotes será permitida, e torturarão e matarão aquele que tentar tornar a palavra de Deus clara e simples ao entendimento de todos; e a cada dia ficarão mais e mais temerosos, pois quanto maior seu poder, menos confiarão em quem quer que seja, e por isso se valerão de espiões, traições, denúncias e tribunais secretos, e os pobres e inofensivos hereges que capturarem serão mortos publicamente das formas mais horríveis, a fim de aterrorizar todos os demais e fazê-los obedientes.

"E, de tempos em tempos, para que os fiéis esqueçam seus tormentos e sua ira seja atiçada contra outro alvo, os líderes da igreja declararão que esta ou aquela nação e este ou aquele povo são maus e devem ser destruídos, e reunirão enormes exércitos para matar, incendiar, pilhar, estuprar e saquear, e plantarão seu estandarte sobre as ruínas enfumaçadas do que um dia foi uma terra justa e próspera e afirmarão que, com isso, o Reino de Deus se torna ainda mais vasto e magnífico.

"Mas qualquer sacerdote que quiser satisfazer seus apetites secretos, sua ganância, sua luxúria, sua crueldade, será como um lobo num pasto de cordeiros cujo pastor tivesse sido amarrado, amordaçado e vendado. Não passará pela cabeça de ninguém questionar a retidão do que aquele santo homem faz em privado; e suas pequenas vítimas chorarão e gritarão aos céus por misericórdia, e suas lágrimas molharão as mãos do santo homem, e ele as limpará na batina e unirá as mesmas mãos piedosas com os olhos voltados ao céu, e o povo dirá do privilégio que é ter um santo homem como seu sacerdote, e de quantos cuidados ele dedica às crianças...

"E onde estarás? Voltarás teu olhar a este mundo para fulminar com um raio essas serpentes blasfemadoras? Fulminarás os líderes de seus tronos e reduzirás seus palácios a escombros?

"Perguntar e esperar pela resposta é saber que resposta alguma virá.

"Senhor, se eu soubesse que estás me ouvindo, minha oração seria, acima de tudo: para que qualquer igreja criada em teu nome permaneça pobre, modesta e sem nenhum poder. Para que essa igreja não possa exercer autoridade de nenhum tipo, exceto aquela oriunda do amor. Para que jamais exclua quem quer que seja. Para que não possa deter propriedades ou fazer leis. Para que não condene, mas perdoe. Para que não seja um palácio com paredes de mármore e chão lustroso e guardas à porta, e sim como uma árvore com as raízes profundamente plantadas no solo, que dê guarida a toda espécie de pássaros e animais e floresça na primavera, doando sua sombra contra o sol quente e seus frutos a cada estação, e que, a seu tempo, forneça sua madeira sólida e boa ao carpinteiro; mas que também espalhe milhares de sementes que façam brotar novas árvores no seu lugar. E acaso a árvore diz ao pardal: 'Fora, aqui não é o teu lugar'? E acaso diz ao homem faminto: 'Estes frutos não são para ti'? E acaso comprova a lealdade de cada um dos animais antes de dar-lhes sombra?

"Isso é tudo que posso fazer agora, sussurrar no silêncio. Por quanto tempo ainda terei sequer ânimo para fazê-lo? Não estás aqui. Jamais me ouviste. Faria melhor se falasse a uma árvore, a um cão, a uma coruja, a um pequeno inseto rastejante. Eles sempre estarão aí. Sou como o tolo dos salmos. Pensaste que poderíamos prosseguir sem ti; não — na verdade, não te importas se conseguimos ou não prosseguir sem ti. Simplesmente te levantaste e foste embora. Então o que fazemos é prosseguir. Sou parte deste mundo, e amo cada grão de areia e fiapo de grama e gota de sangue que há nele. E podia muito bem não haver nada mais, pois essas coisas já são o bastante para acalentar o coração e acalmar o espírito; e sabemos que fazem a delícia do corpo. Corpo e espírito... existe diferença? Onde termina um e começa o outro? Não são a mesma coisa?

"De tempos em tempos lembraremos de ti, como de um avô, amado algum dia, mas que se foi, e contaremos histórias sobre ti; e daremos de comer aos cordeiros, e faremos a colheita do milho e a moenda do vinho, e nos sentaremos debaixo de uma árvore no frescor da noite, e acolheremos um estranho e cuidaremos das crianças, e olharemos pelos doentes e confortaremos os moribundos, e então descansaremos quando chegar nossa hora, sem angústia, sem medo, de volta à terra.

"E o silêncio, nós o deixaremos falando sozinho..."

Jesus parou. Não havia nada mais que quisesse dizer.

A prisão de Jesus

Mas, a pouca distância, João se sentava esfregando os olhos, e então cutucou Pedro para acordá-lo e apontou para os lados do vale; em seguida, levantou-se rápido e correu para onde estava Jesus, sozinho, ainda ajoelhado no chão.

"Mestre", disse, "sinto muito, perdoa-me, não quero incomodá-lo, mas tem uns homens subindo com tochas a trilha que parte da cidade."

Jesus tomou das mãos de João e se levantou.

"Podes fugir, mestre", falou João. "Pedro tem uma espada. Poderíamos retardá-los, dizer que não sabemos de ti."

"Não", respondeu Jesus. "Não quero saber de brigas."

E desceu pela trilha até onde estavam os outros discípulos, dizendo a Pedro que guardasse a espada.

Enquanto subiam à luz das tochas, Cristo disse ao capitão da guarda: "Vou beijá-lo e sabereis quem é ele".

Quando se aproximaram de Jesus e dos outros três, Cristo foi até seu irmão e o beijou.

"Tu?", disse Jesus.

Cristo quis dizer alguma coisa, mas foi empurrado para o lado pelos guardas. E logo se perdeu no meio da multidão de curiosos que tinha ouvido o rumor do que estava para acontecer e viera assistir.

Ao ver Jesus sendo preso, o povo imaginou ter sido traído em sua confiança; pensou que Jesus fosse só mais um charlatão religioso, como tantos outros, e que tudo que dissera eram falsidades. Os presentes começaram a gritar e zombar, e teriam mesmo atacado e linchado Jesus ali, no ato, não fosse a intervenção dos guardas; Pedro tentou sacar de sua espada novamente, mas Jesus percebeu e o repreendeu com um movimento negativo da cabeça.

Pedro falou: "Mestre! Estamos contigo! Não vamos abandoná-lo! Aonde quer que vás, eu irei também!".

Os guardas conduziram Jesus pela trilha, e Pedro se apressou a segui-los. Levaram-no, passando através do portão da cidade, até a casa do sumo sacerdote. Pedro teve de esperar no pátio, do lado de fora, onde se misturou aos servos e aos guardas junto ao braseiro que tinham acendido para mantê-los aquecidos, pois fazia frio naquela noite.

Jesus diante do conselho

Dentro da casa, Caifás tinha convocado um conselho emergencial que reunia os chefes dos sacerdotes, os anciãos e os escribas. Aquilo não era usual, pois a lei judaica normalmente proibiria que tribunais fossem instalados à noite, mas as circunstâncias sugeriam urgência; se era para resolver a situação com Jesus, os sacerdotes teriam de fazê-lo antes do início das festividades.

Jesus foi trazido diante daquele conselho, que passou a questioná-lo. Alguns dos sacerdotes que antes haviam sido derrotados por ele em debates estavam ansiosos por um motivo para entregá-lo aos romanos, e tinham convocado testemunhas na esperança de condená-lo. Mas essas testemunhas não estavam bem treinadas, e várias delas entraram em contradição; por exemplo, quando uma disse: "Eu o ouvi afirmar que poderia destruir o templo e edificá-lo depois em três dias".

"Não! Não foi ele quem disse isso!", falou outra testemunha. "Foi um dos seus seguidores."

"Mas Jesus não o negou!"

"Foi ele. Eu mesmo escutei quando disse."

Nem todos os sacerdotes estavam convencidos de que havia razão suficiente para condenar Jesus.

Enfim, falou Caifás: "Bem, Jesus, que tens a dizer? Nada respondes a isso que testemunham contra ti?".

Jesus ficou em silêncio.

"E quanto a essa outra acusação de blasfêmia? De que reivindicas ser o filho de Deus? O Messias?"

"Tu o disseste", falou Jesus.

"Bem, isso é o que dizem teus seguidores", respondeu Caifás. "Não assumes a responsabilidade?"

"Já lhes disse para não fazê-lo. Mas, mesmo que eu tivesse afirmado tal coisa, não seria blasfêmia, como bem sabes."

Jesus estava certo, e Caifás e os sacerdotes sabiam. A rigor, blasfemar consistia em maldizer o nome de Deus, e Jesus jamais fizera isso.

"E quanto a essa outra pretensão, de que és o rei dos judeus? Vê-se por toda parte, nos muros, pichações com tal afirmação. O que tens a dizer a esse respeito?"

Jesus ficou em silêncio.

"Silêncio não é resposta."

Jesus sorriu.

"Jesus, estamos tentando com todas as nossas forças ser justos contigo", continuou o sumo sacerdote. "Parece-nos que te desviaste a fim de provocar, não apenas a nós, mas também aos romanos. E estes são tempos difíceis. Precisamos proteger nosso povo. Não és capaz de ver? Não entendes que estás expondo todos ao perigo?"

Jesus continuou calado.

Caifás se voltou aos sacerdotes e escribas, dizendo: "Sinto

informar que não dispomos de muita escolha. Precisaremos levar esse homem ao governador pela manhã. E, claro, rezar para que Pilatos seja misericordioso".

Pedro

Enquanto isso se passava do lado de dentro da casa do sumo sacerdote, o pátio estava abarrotado de gente que se amontoava junto ao braseiro em busca de calor e, com entusiasmo e ansiedade, comentava sobre a prisão de Jesus e o que provavelmente aconteceria em seguida. Pedro se encontrava entre eles e, a certa altura, uma criada olhou para ele e disse: "Tu estavas com Jesus, não estavas? Vi os dois juntos ontem".

"Não", respondeu Pedro. "Nada tenho a ver com ele."

Um pouco mais tarde, outro comentou com os que estavam próximos: "Aquele homem é um dos seguidores de Jesus. Estava com Jesus no templo quando ele virou as mesas dos cambistas".

"Eu não", respondeu Pedro. "Deves estar enganado."

E pouco antes do amanhecer uma terceira pessoa, ao ouvi-lo dizer qualquer coisa, comentou: "És um deles, não és? Teu sotaque te denuncia. És um galileu, como Jesus".

"Não sei o que dizes", falou Pedro.

E então um galo cantou. Até aquele momento parecia que o mundo tinha a respiração suspensa, como se o próprio tempo tivesse sido mantido em compasso de espera enquanto estava escuro; mas logo viria a luz do dia e tomaria conta, com sua total desolação. Foi assim que Pedro sentiu, e, saindo dali, chorou amargamente.

Jesus e Pilatos

Depois de entregar seu irmão aos soldados, Cristo foi sozinho rezar. Esperava que o anjo reaparecesse, pois sentia que precisava conversar sobre o que havia feito e sobre o que poderia acontecer em seguida; e necessitava urgentemente explicar-se sobre o dinheiro.

Ele orou, mas não conseguiu dormir, então, à primeira luz da manhã, foi à casa do sumo sacerdote, onde, ouvira dizer, um galileu tinha negado ser um dos seguidores de Jesus e chorado quando um galo cantou. Mesmo com toda a tensão e a angústia por que passava, Cristo tomou nota disso.

Mas ainda estava inquieto e agitado, e se misturou à multidão que se aglomerava para saber qual seria o veredito sobre Jesus.

Imediatamente um rumor começou a circular: Jesus seria levado ao governador. E logo em seguida as portas da casa do sumo sacerdote se abriram e uma tropa de guardas do templo surgiu, trazendo Jesus com as mãos atadas atrás das costas. Os guardas precisaram protegê-lo do povo que apenas alguns dias antes o havia recebido com saudações e gritos de júbilo; agora os presentes berravam contra ele, brandindo os punhos, e cuspiam nele.

Cristo os seguiu a caminho do palácio do governo. O governador, à época, era Pôncio Pilatos, um bruto, muito dado à aplicação de castigos cruéis. Havia outro prisioneiro aguardando sentença, um terrorista político e homicida chamado Barrabás, e era quase certo que seria crucificado.

Cristo se lembrou do cordeiro preso pelos chifres num arbusto.

Chegando ao palácio, os guardas arrastaram Jesus para dentro e o lançaram aos pés de Pilatos. Caifás tinha vindo para acusar Jesus, e Pilatos o ouviu.

"Deve ter visto, senhor, as pichações nos muros: 'Jesus é Rei'. É este o homem responsável por elas. Provocou o caos no templo, alvoroçou as massas, e estamos cientes do perigo de uma desordem civil, de modo que..."

"Estás ouvindo?", disse Pilatos a Jesus. "Já vi essas pichações imundas. Então é de ti que se trata, não é? És tu o rei dos judeus?"

"Tu o dizes", respondeu Jesus.

"Ele se dirige a ti também com esses modos insolentes?", Pilatos perguntou a Caifás.

"O tempo todo, senhor."

Pilatos ordenou aos guardas que botassem Jesus de pé.

"Vou perguntar de novo", falou, "e espero mais respeito desta vez. És tu o rei dos judeus?"

Jesus ficou em silêncio.

Pilatos desferiu-lhe um golpe que o levou ao chão e disse: "Não ouves todas essas acusações que te fazem? Pensas que vamos tolerar esse tipo de coisa? Pensas que somos idiotas para permitir que agitadores andem por aí causando problemas e incitando o povo a se rebelar ou coisa pior? Somos responsáveis por manter a paz neste lugar, caso não tenhas percebido. E não toleraremos distúrbios políticos de onde quer que partam. Vou acabar já com isso, não tenha dúvida. E então? O que tens a dizer, rei dos judeus?".

Novamente Jesus não disse nada, então Pilatos ordenou aos guardas que batessem nele. A essa altura, já se ouviam os gritos da multidão lá fora, e tanto os sacerdotes quanto os romanos temeram uma revolta.

"Por que gritam desse jeito?", perguntou Pilatos. "Querem que este homem seja libertado?"

Era costume, por ocasião da Páscoa, que um prisioneiro ganhasse a liberdade de acordo com o desejo popular; e alguns dos sacerdotes, para provocar o povo e assegurar-se de que Jesus não escaparia com vida, tinham se misturado à multidão para incitá-la a pedir pela vida de Barrabás.

Um dos assessores de Pilatos disse: "Não pedem por ele, senhor. Querem a liberdade de Barrabás".

"Aquele criminoso? Por quê?"

"Ele é estimado, senhor. O senhor daria grande satisfação ao povo se o libertasse."

Pilatos saiu à sacada do palácio para falar à multidão.

"Quereis Barrabás?", perguntou.

E todos gritaram: "Sim! Barrabás!".

"Muito bem, ele está livre. Agora saí desse pátio. Ide cuidar da vida."

Voltou para dentro e disse: "Isso significa que temos uma cruz vaga. Ouviste, Jesus?".

"Senhor", falou Caifás, "não seria possível cogitarmos uma sentença de exílio, por exemplo..."

"Levai-o daqui e crucificai-o", ordenou Pilatos. "Afixai sobre a cruz uma inscrição com aquilo que ele afirma ser: o rei dos judeus. Isso servirá de lição a essa gente sobre ideias de rebelião e revolta."

"Senhor, essa inscrição não poderia dizer o seguinte: *'Este homem afirma ser o rei dos judeus'*? Sabe, só para o caso de..."

"O que eu disse está dito. Não brinca com a sorte, Caifás."

"Não, claro que não, senhor. Obrigado, senhor."

"Levai-o, pois, daqui. Açoitai-o primeiro e depois pregai-o à cruz."

A crucificação

Cristo, no meio da multidão, quis gritar um "não!" quando Pilatos perguntou se queriam libertar Barrabás, mas não ousou; e sentiu que também esse fracasso era mais um golpe em seu coração. Não tinha muito tempo agora. Procurou por toda parte entre as pessoas, buscando o anjo, mas não o viu em lugar nenhum e, por fim, ao perceber um alvoroço nos portões da mansão do governador, seguiu com o povo que assistia os guardas romanos conduzirem Jesus ao local de sua execução.

Não avistou nenhum dos discípulos por ali, mas havia, sim, algumas mulheres que reconheceu. Uma delas era a esposa de Zebedeu, mãe de Tiago e João, outra era a mulher de Magadã, por quem Jesus tinha especial carinho, e a terceira, para grande surpresa dele, era sua própria mãe. Cristo retardou o passo; tudo o que menos queria, naquele momento, era que ela o visse. Observou a certa distância enquanto as três passavam com a multidão que cruzou a cidade até um lugar chamado Gólgota, onde os criminosos costumavam ser crucificados.

Dois homens, condenados por roubo, já lá se encontravam dependurados em suas cruzes. Os soldados romanos tinham muita prática; não demorou muito para Jesus ser erguido também, em seu posto, ao lado dos outros dois. Cristo acompanhou a multidão até que começasse a se dispersar, o que não levou muito tempo: uma vez a vítima pregada na cruz, não havia mais muito o que ver até o momento em que os soldados lhe quebrassem as pernas para acelerar a morte, o que podia demorar horas para acontecer.

Os discípulos tinham sumido de vez. Cristo procurou pelo homem que era seu informante, a fim de descobrir o que eles fariam então, mas soube que o espião havia abandonado a casa onde estivera hospedado, e o anfitrião não fazia ideia de seu paradeiro. E, claro, nem sinal do anjo, do desconhecido, e Cristo não podia nem perguntar por ele, pois até agora não sabia por que nome chamá-lo.

Vez ou outra, e sempre com relutância, voltava ao local da execução, mas nada tinha mudado. As três mulheres permaneciam junto às cruzes. Cristo teve muito cuidado para não ser visto por nenhuma delas.

No final da tarde, correu o boato de que os soldados romanos haviam decidido acelerar a morte dos três homens. Cristo se apressou a chegar à cena, aflito e temeroso, e viu que a multidão já se adensara de tal forma que ele mal podia enxergar o que estava acontecendo, mas ouviu o estrondo das pernas do último homem sendo estraçalhadas, e o suspiro satisfeito da audiência, e ainda um grito preso na garganta da vítima. Algumas mulheres começaram com lamentos. Cristo se retirou cautelosamente, no passo mais leve que pôde, tentando não deixar marcas sobre a terra.

O sepultamento

Um dos membros do Sinédrio era um homem da cidade de Arimateia, de nome José. Apesar de fazer parte do conselho, não participara da condenação de Jesus; ao contrário: admirava-o e nutria grande interesse pelo que ele dizia sobre a vinda do Reino. Sabendo que a Páscoa se aproximava, foi a Pilatos e pediu-lhe o corpo de Jesus.

"Por quê? Para que a pressa?"

"Gostaríamos de dar a ele um enterro digno antes do Shabat, senhor. É nosso costume."

"Surpreende-me que tu te incomodes com isso. O homem não passava de um arruaceiro. Espero que tenhais aprendido a lição. Leva-o, se é o que desejas."

José e um colega do Sinédrio, chamado Nicodemo, outro simpatizante de Jesus, baixaram o corpo da cruz com a ajuda das mulheres enlutadas. Carregaram-no a um jardim próximo, até um sepulcro que José mandara fazer para si próprio. Era talhado na rocha como uma caverna, e uma grande pedra, com a ajuda de um sulco no chão, foi rolada até sua entrada para fechá-la. José e os outros envolveram o corpo num lençol com aromas, para evitar sua deterioração, e lacraram o sepulcro a tempo para o Shabat.

E ainda nem sinal dos discípulos.

O desconhecido no jardim

Cristo passou o dia seguinte sozinho no quarto que tinha alugado, alternando-se entre rezar, chorar e tentar fazer anotações sobre o acontecido, ou ao menos sobre o que sabia do acontecido. Temia mais coisas do que poderia enumerar. Não tinha vontade de comer nem de beber e não conseguia dormir. O dinheiro que Caifás lhe dera era cada vez mais motivo de inquietação para ele, até que pensou estar enlouquecendo de vergonha, pagou o que devia ao dono da hospedaria e deu o resto ao primeiro pedinte que encontrou na rua. Mesmo assim não se sentiu melhor.

Quando caiu a noite, foi ao jardim onde José havia sepultado Jesus e sentou perto do sepulcro, à sombra. Imediatamente percebeu que o desconhecido sentava ao lado dele.

"Estive ocupado em outros lugares", disse o desconhecido.

"Sei", disse Cristo, amargo, "foste dar uma volta pela Terra, andando a esmo."

"Sei que isso é difícil para ti. Mas não sou Satã. A primeira parte da nossa obra está completa."

"E onde está o cordeiro preso pelos chifres no arbusto? Fizeste-me acreditar que algo aconteceria para que se evitasse o pior. E nada aconteceu, e veio o pior."

"Te permitiste crer nisso, e tua crença, por sua vez, permitiu que o grande sacrifício tomasse seu curso. Graças ao que fizeste, tudo que é bom agora virá."

"Então ele ressuscitará dos mortos?"

"Sem dúvida."

"Quando?"

"Sempre."

Cristo balançou a cabeça, numa perplexidade irritada.

"Sempre?", perguntou. "Como assim?"

"Quero dizer que o milagre nunca será esquecido, a bondade que dele emana jamais se extinguirá, sua verdade passará de geração a geração."

"Ah, a verdade outra vez. Seria aquela verdade, diferente da história?"

"A verdade que se irradia da história, conforme a bela frase que cunhaste. A verdade que irriga a história como o jardineiro que rega suas plantas. A verdade que ilumina a história como uma lanterna que espanta as trevas."

"Não acho que Jesus reconheceria esse tipo de verdade."

"Por isso, precisamente, é que precisamos que tu sejas a encarnação dela. És a parte que falta a Jesus. Sem ti, sua morte será apenas mais uma em meio a milhares de outras execuções públicas. Mas, contigo, o caminho está aberto para que essa luz da verdade invada a escuridão da história; a chuva abençoada cairá sobre a terra seca. Jesus e Cristo, juntos, se tornarão um milagre. E tantas serão as coisas sagradas que daí florescerão!"

Falavam bem baixinho, e o próprio jardim estava silencioso. Mas então Cristo ouviu um ronco baixo, como se pedras rolassem sobre outras pedras.

"O que está acontecendo?", quis saber.

"A segunda parte do milagre. Mantém a calma, caro Cristo. Tudo sairá bem. Jesus desejava um estado de coisas que ser humano nenhum poderia suportar por muito tempo. As pessoas são capazes de grandes feitos, mas apenas quando grandes circunstâncias as convocam a isso. Não podem viver à altura desses feitos o tempo todo, e na maior parte das vezes as circunstâncias não têm grandeza alguma. Na vida cotidiana, são tentadas a procurar conforto e paz; são um pouco preguiçosas, um pouco gananciosas, um pouco covardes, um pouco cobiçosas, um pouco vãs, um pouco irritadiças, um pouco invejosas. Não servem para muita coisa, mas é preciso que as tomemos como são. Entre outras coisas, são crédulas; de modo que gostam de mistérios e adoram milagres. Mas sabes muito bem disso; tu o disseste a Jesus faz algum tempo. Como de costume, estavas certo, e, também como de costume, ele não te deu ouvidos."

Alguns vultos se movimentavam junto à sepultura. Era uma noite encoberta e a lua, recém-entrada na fase minguante, se escondia; mas havia luz suficiente para que se enxergassem três ou quatro sombras carregando alguma coisa pesada de dentro do sepulcro.

"O que fazem ali?"

"Realizam a obra de Deus."

"Aquele é o corpo de Jesus!"

"Seja lá o que estiveres vendo, é necessário fazê-lo."

"Vais fingir que Jesus voltou?"

"Ele voltará."

"Como? Usando de truques? Ah, como fui me deixar levar? Ah, que desgraçado eu sou! Ah, meu irmão! Que foi que eu fiz?"

E ele se prostrou e chorou. O estranho pousou suas mãos sobre a cabeça de Cristo.

"Chora", ele disse, "e serás confortado."

Cristo permaneceu onde estava, e o estranho prosseguiu:

"Agora preciso falar-te do Espírito Santo. É ele que dará aos discípulos e, a seu tempo, a mais e mais fiéis a convicção de que Jesus vive. Jesus não poderia continuar aqui, com o povo, para sempre, mas o Espírito Santo pode, e permanecerá. A morte de Jesus foi necessária para que o Espírito Santo pudesse descer, e ele descerá, com a tua ajuda. Nos dias que virão, verás o poder transformador do Espírito. Os discípulos, aqueles homens fracos e perturbados, serão como leões. O que Jesus não foi capaz de fazer em vida o Jesus morto e ressuscitado fará com o poder do Espírito Santo, e isso vale não apenas para os discípulos, mas para todo aquele que ouvir e acreditar."

"Então para que precisas de mim? Se o Espírito é assim, todo-poderoso, como poderia eu ajudá-lo?"

"O Espírito se manifesta interiormente, é invisível. Homens e mulheres precisam de um sinal que seja exterior e visível, só assim acreditarão. Tens desdenhado, ultimamente, quando falo da verdade, caro Cristo; não deverias. Será a verdade a arrebatar os corações e mentes desses homens e mulheres nas eras vindouras, a verdade de Deus, aquela que tem sua origem além do tempo. Mas precisa que uma janela lhe seja aberta, de modo que possa brilhar através dela e adentrar o mundo temporal; tu és essa janela."

Cristo se recompôs, levantando-se, e falou: "Entendi. Devo assumir meu papel. Mas faço isso com a consciência pesada e o coração amargurado".

"Claro. É natural. Mas ainda assim tens um grande papel a interpretar; quando forem escritos os relatos deste tempo e da vida de Jesus, o teu terá imenso valor. Poderás determinar como serão lembrados esses eventos até o fim do mundo. Poderás..."

"Para, para. Basta. Não quero ouvir mais nada agora. Estou muito cansado e infeliz. Voltarei na manhã seguinte ao Shabat, para fazer o que tiver de ser feito."

Maria Madalena no sepulcro

Depois da crucificação, Pedro, João, Tiago e os outros discípulos tinham se reunido numa casa não muito distante do jardim de José de Arimateia, e ali permaneceram feito homens subtraídos de seus sentidos, atordoados e mudos. A execução de Jesus fora, para eles, como um raio em céu azul; esperavam qualquer coisa, menos aquilo. Se as fundações da terra se movessem sob seus pés, o choque não seria maior.

Quanto às mulheres reunidas ao pé da cruz, e que haviam ajudado José a baixar o corpo, rezaram e choraram até não poder mais. Maria, a mãe de Jesus, tendo-o acompanhado ao sepulcro, logo voltaria a Nazaré. A mulher de Magadã, também chamada Maria, a Madalena, permaneceria em Jerusalém mais um pouco.

Bem cedo, na manhã seguinte ao Shabat, Maria Madalena foi até o jardim onde se localizava a sepultura levando alguns perfumes, caso houvesse necessidade de mais para manter o corpo preservado. Ainda estava escuro. Após o sepultamento ela havia visto José e Nicodemo rolarem uma pedra de modo a fechar a entrada do sepulcro, e ficou surpresa ao perceber, na penumbra, que a mesma pedra fora rolada de volta para fora e a cavidade jazia aberta como uma bocarra. Pensou se tinha vindo à sepultura certa e, temerosa, deu uma espiada lá dentro.

Viu o lençol enrolado mas vazio, sem o corpo.

Correu para fora e partiu depressa para a casa onde estavam os discípulos, dizendo a Pedro e João: "O sepulcro do mestre está vazio! Acabo de ir até lá e a pedra da entrada foi retirada. O corpo sumiu!".

Contou a eles tudo o que vira. Como o testemunho de uma mulher não tinha muito valor, Pedro e João correram até o local para ver com os próprios olhos. João foi mais rápido e chegou primeiro, vendo que, no interior do sepulcro, jazia o lençol vazio; e então foi a vez de Pedro tirar João do caminho, entrar e ver o lençol exatamente como Maria Madalena tinha descrito, com o tecido que envolvera a cabeça de Jesus também jogado ali, mas separado do outro pano.

Disse João: "Será que os romanos o levaram?".

"Por que fariam isso?", perguntou Pedro. "Pilatos liberou o corpo. Não lhes interessava."

"O que pode ter acontecido?"

"Talvez não estivesse morto quando o baixaram. Apenas desmaiado, quem sabe. E então pode ter acordado..."

"Mas como poderia ter retirado a pedra pelo lado de dentro? Suas pernas estavam quebradas. Ele não conseguia mais andar."

Não podiam compreender aquilo. Saindo dali, correram de volta para contar aos demais discípulos.

Maria Madalena, que permanecera do lado de fora

do sepulcro, chorava. Mas, por entre as lágrimas, viu um homem que pensou ser o jardineiro.

"Por que choras?", ele perguntou.

"Levaram embora o corpo do meu mestre e não sei onde ele está. Senhor, se souber para onde o carregaram, por favor, me diga, eu imploro, e o trarei de volta e olharei por ele como deve ser."

Então o homem disse: "Maria".

Ela tomou um susto e o olhou mais de perto. Ainda não era dia claro e seus olhos estavam sensíveis, mas certamente aquele era Jesus, e vivo.

"Mestre!", ela gritou, e então foi em direção a ele para abraçá-lo.

Mas Cristo recuou, dizendo: "Não, não me toques agora. Não ficarei por muito tempo. Vai e conta aos discípulos que me viste. Dize-lhes que em breve ascenderei aos céus, a meu pai, a Deus. A meu Deus e ao vosso Deus".

Maria foi correndo contar aos discípulos o que tinha visto e o que Cristo lhe dissera.

"Era ele", disse-lhes. "De verdade! Jesus estava vivo e falou comigo!"

Ainda permaneciam um pouco céticos, mas Pedro e João estavam mais inclinados a acreditar na mulher.

"Ela nos contou que o lençol estava jogado no sepulcro, fomos até lá e vimos, e estava exatamente como nos tinha dito. Se ela diz que Jesus está vivo — bem, isso explicaria o que houve! Isso explica tudo!"

Passaram aquele dia num estado de assombro meio esperançoso. Voltaram ao jardim do sepulcro repetidas vezes, mas não viram mais nada.

A estrada para Emaús

Mais tarde, naquele mesmo dia, alguns discípulos partiram em direção a um povoado chamado Emaús, a cerca de duas horas de caminhada de Jerusalém, a fim de contar as novidades a amigos que lá viviam. O informante de Cristo havia retornado à Galileia e não se encontrava no grupo. Enquanto andavam, começaram a conversar com um homem que ia no mesmo rumo. Era, novamente, Cristo.

"Pareceis muito agitados", disse o viajante. "Sobre o que discutis tão apaixonadamente?"

"Não soubeste do que aconteceu em Jerusalém?", falou o discípulo de nome Cléofas.

"Não. Contai-me."

"Deves ser o único homem na Judeia a não saber. Somos amigos de Jesus, o Nazareno, o grande profeta, o grande mestre. Ele enfureceu os sacerdotes do templo, que o entregaram aos romanos, que por sua vez o crucificaram. E ele foi sepultado. Isso faz três dias. E, então, esta manhã, ouvimos dizer que foi visto com vida!"

A conversa não passou disso. Os discípulos não observaram Cristo mais de perto, pois estavam ainda muito alvoroçados e aturdidos; mas, quando chegaram ao povoado, já noite, convidaram-no a pernoitar e comer com eles. Cristo aceitou o convite e seguiu até a casa do amigo dos discípulos, onde foi bem recebido. Enquanto se preparavam para a refeição, o discípulo Cléofas, que se sentara bem de frente para ele, interrompeu o que estava dizendo, tomou do lampião e o ergueu próximo ao rosto de Cristo.

"Mestre?", disse.

Na luz bruxuleante, os demais olharam para Cristo espantados. De fato, aquele homem se parecia muito com Jesus, mas não era exatamente idêntico; por certo a morte o teria mudado, porém, de modo que seria de esperar que parecesse um pouco diferente; mas a semelhança era muito grande. O baque emudeceu a todos.

Mas um homem de nome Tomé disse: "Se és mesmo Jesus, mostra-nos as marcas dos pregos em tuas mãos e teus pés".

As mãos de Cristo não tinham marcas, claro. Todos podiam vê-las, naquele momento, segurando o pão. Mas, antes que ele pudesse dizer qualquer coisa, outro homem interveio e falou:

"Se o mestre ressuscitou dos mortos, é evidente que todas as suas chagas estarão curadas! Nós o vimos andar — e sabemos agora que suas pernas quebradas foram recompostas. Certamente voltou à sua perfeita forma, e todas as outras cicatrizes desapareceram também. Quem duvidaria?"

"Mas suas pernas não foram quebradas!", disse um terceiro. "Ouvi isso de uma das mulheres! Ele morreu quando um soldado o trespassou com uma lança!"

"Nunca soube de tal coisa", respondeu outro. "Escutei que ele foi o primeiro a quem quebraram as pernas, antes ainda dos outros dois. As pernas sempre são quebradas..." E se voltaram a Cristo, confusos e cheios de dúvida.

E Cristo lhes disse: "Benditos sejam aqueles que, mesmo sem provas, têm fé. Eu sou a palavra de Deus. Minha existência precede o tempo. Estive no início de tudo com Deus e em breve a ele retornarei, mas vim ao tempo e à vida para que pudésseis ver a luz e a verdade, e disso désseis vosso testemunho. Eu vos deixarei um sinal, aqui está: assim como o pão precisa ser partido antes que o comamos, e o vinho servido antes que o tomemos, também eu tive de morrer numa vida antes de ressuscitar em outra. Lembrai-me a cada vez que comerdes e beberdes. Agora devo retornar ao meu pai, que está nos céus".

Todos queriam tocá-lo, mas ele recuou e os abençoou, e então partiu.

Depois disso, Cristo teve o cuidado de se manter à distância. Foi assim que assistiu à transformação dos discípulos, revigorados pela esperança e pelo entusiasmo, conforme havia prometido o desconhecido: como se tivessem sido tomados de um espírito santo. Viajaram e pregaram, arrebanhando novos convertidos à nova fé de um Jesus ressuscitado, e até lograram alguns milagres de cura, ou ao menos houve certos acontecimentos que assim puderam ser relatados. Eram homens agora repletos de ardor e paixão.

E, à medida que o tempo passava, Cristo começou a ver que a história ia pouco a pouco sendo mudada. Começou com o nome de Jesus. Primeiro, era apenas Jesus; mas então ele passou a ser chamado de Jesus, o Messias, ou de Jesus, o Cristo; e, mais tarde, simplesmente de Cristo.

Cristo que era a palavra de Deus, a luz do mundo. Cristo que tinha sido crucificado. Cristo que ressuscitara dos mortos. De alguma forma, sua morte passou a ser uma grande redenção, ou uma grande reparação. O povo se comprazia em acreditar nisso, mesmo que fosse algo difícil de explicar.

A história tomou ainda outros rumos. O relato da ressurreição foi consideravelmente incrementado quando se acrescentou que, ao ser questionado por Tomé sobre suas chagas, Jesus (ou Cristo) as teria mostrado e deixado que o discípulo colocasse nelas o dedo, a fim de dirimir-lhe qualquer dúvida. Era um detalhe incisivo e inesquecível mas, se a história o incluísse, não daria para dizer que os romanos haviam também quebrado suas pernas, como faziam com quase a totalidade das vítimas de crucificação; pois, se um tipo de ferimento tivesse permanecido em seu corpo, com o outro teria de acontecer o mesmo, e um homem com as pernas quebradas não poderia surgir de pé no jardim ou caminhar até Emaús. De modo que, a despeito do que na verdade tivesse acontecido, passou à história que ele morrera trespassado pela lança de um romano, seus ossos tendo permanecido intactos. E assim as várias histórias começaram a se entrelaçar.

O próprio Cristo, claro, deixara tão escassas pegadas de sua passagem neste mundo que ninguém chegou a confundi-lo com Jesus, uma vez que era tão fácil esquecer que eles eram dois. Cristo sentiu que seu próprio eu aos poucos se desvanecia, enquanto o Cristo das especulações crescia em importância e majestade. Logo a história de Cristo começou a se estender tanto para a frente quanto para trás no tempo — para a frente até o fim do mundo, para trás até antes mesmo do nascimento num estábulo:

Cristo era filho de Maria, isso não se negava, mas era também o filho de Deus, ser eterno e onipotente, Deus perfeito e homem perfeito, gerado antes de todos os mundos, reinando à direita de seu Pai nos céus.

O artesão das redes

Então o desconhecido o visitou pela última vez. Cristo estava vivendo sob outro nome num vilarejo à beira-mar, num lugar onde Jesus nunca estivera. Tinha se casado e trabalhava como artesão de redes de pesca.

Como em muitas das outras vezes, o desconhecido apareceu à noite. Bateu à porta no momento em que Cristo e a esposa sentavam para jantar.

"Marta, quem será?", disse Cristo. "Vá ver."

Marta abriu a porta e o estranho entrou carregando um saco pesado.

"E então", falou Cristo. "Que tipo de encrenca tu me trazes desta vez?"

"Que recepção calorosa! Aqui está tua obra, os rolos todos que me entregaste. Providenciei para que fossem diligentemente transcritos, e já era tempo que os recebesse de volta para começares a organizar a história. E esta, é tua esposa?"

"Marta", disse Cristo. "Este é o homem de quem te falei. Mas ele nunca me contou o nome."

"Por favor, compartilhe esta refeição conosco", falou Marta.

"Com prazer eu o farei. Esse pequeno ritual que inventastes", respondeu o desconhecido, enquanto Cristo partia o pão, "é um grande sucesso. Quem diria que convidar judeus a comer carne e tomar sangue se tornaria tão popular?"

Cristo pôs de lado o pão. "Não foi o que ensinei a eles", disse.

"Mas é o que os seguidores de Jesus estão fazendo, tanto judeus quanto gentios. Tuas instruções foram muito sutis, meu amigo. As pessoas logo as tomam pelo seu significado mais sinistro, mesmo que essa jamais tenha sido a intenção do autor."

"Desprezas as pessoas, conforme me explicaste em outra ocasião."

"Eu as vejo como são. Tu também costumavas ter delas uma visão mais realista, no que tange a suas capacidades e limitações. Estás te tornando como teu irmão com o passar do tempo?"

"Ele as conhecia bem, e não se enganou, mas as amava."

"De fato amava", disse o desconhecido, servindo-se de pão, "e seu amor é a coisa mais preciosa que se possa imaginar. É por isso que temos de preservá-lo com tanto cuidado. O barco no qual o precioso amor de Jesus Cristo chegará às eras futuras é a Igreja, e ela deve ser a guardiã desse amor e desse ensinamento noite e dia; para mantê-lo puro, sem deixá-lo ser conspurcado pelo mal-entendido. Seria uma desgraça, por exemplo, se as pessoas terminassem por ler algumas das falas de Jesus como um chamado à luta política; não são nada disso, como bem sabemos.

Devemos, em vez disso, enfatizar a natureza espiritual de sua mensagem. Precisamos tomar uma posição contra a qual seja difícil argumentar, meu caro Cristo, e é exatamente o que fazemos ao falar do espírito. Espiritualidade é alguma coisa que estamos bem armados para discutir."

"Não tenho mais estômago para esse tipo de conversa", falou Cristo. "Melhor tomares dos teus rolos e ires embora. Deixa que outra pessoa conte a história."

"A história será contada muitas vezes. Temos de nos assegurar disso. Nos anos que estão por vir, precisamos separar as versões úteis daquelas que não prestarem. Mas já falamos dessas questões antes."

"Sim, e estou farto delas. Tuas palavras são suaves, mas teus pensamentos, ordinários. E ficaste ainda mais ordinário com o sucesso. Na primeira vez em que nos falamos, foste mais sutil. Começo a perceber que história é essa que tu, meu irmão e eu encenamos. Não importa como acabe, será uma tragédia. A visão de mundo dele jamais prevaleceria; a que prevalecerá, não é a dele."

"Falas da minha visão e da visão dele; mas, se fosse a *tua*, teria tanto mérito como verdade quanto..."

"Sei o que significa verdade", atalhou Cristo.

"Claro que sabes. Mas o que é melhor", respondeu o desconhecido, partindo mais um pedaço de pão, "almejar a pureza absoluta e fracassar completamente, ou fazer concessões e ter sucesso, mesmo que parcial?"

Cristo ficou enjoado por um momento, mas não conseguia se lembrar por quê. Marta deslizou sua mão ao encontro da do marido para ampará-lo.

Mas, vendo o desconhecido comer seu pão e servir--se de mais vinho, Cristo não conseguiu deixar de pensar na história de Jesus e em como ele poderia melhorá-la.

Por exemplo, algum sinal maravilhoso que anunciasse o nascimento poderia ser incluído: uma estrela, um anjo. E a infância de Jesus poderia ser enfeitada com algumas historinhas epifânicas e charmosas de travessuras infantis temperadas com alguma magia, as quais, no entanto, seriam interpretadas como sinais dos milagres maiores que ainda viriam. E havia questões que implicavam narrativas mais profundas e consequentes. Se Jesus tivesse sabido de sua execução com antecedência, e contado aos discípulos, e ido ao encontro da morte por vontade própria, isso daria à crucificação um significado muito mais poderoso, que abriria outros caminhos misteriosos a serem explorados, ponderados e explicados pelos sábios nas eras futuras. E, de novo, o nascimento: se a criança nascida naquele estábulo fosse não simplesmente uma criança humana, mas a própria encarnação de Deus, como isso tornaria a história mais memorável e comovente! E como a morte que a coroava seria algo mais profundo!

Havia uma centena de detalhes para dar verossimilhança ao relato. Cristo percebeu, com uma pontada de culpa e prazer ao mesmo tempo, que alguns desses detalhes ele mesmo já tinha inventado.

"Deixo a missão em tuas mãos", falou o desconhecido, livrando-se dos farelos de pão enquanto se levantava da mesa. "Não voltarei mais."

E, sem mais uma palavra, virou as costas para partir.

Quando já se fora, Marta disse: "Tu não perguntaste o nome dele".

"Não quero saber. Como me iludi! Como pude algum dia pensar que era um anjo? Sua aparência é a de um próspero comerciante de frutas secas ou tapetes. Nunca mais quero pensar nele. Marta, estou atormentado; tudo o que ele diz é verdade, e no entanto me sinto mal ao pensar nisso. A congregação dos fiéis, a Igreja, como ele a chama, só fará o bem, assim espero, assim acredito, assim devo acreditar, mas também temo que fará coisas terríveis em seu ardor e em seu sentimento de superioridade moral... Sob essa autoridade, Jesus terá suas palavras distorcidas, e mentirão sobre ele, comprometendo-o e traindo-o repetidas vezes. Uma congregação? Foi uma congregação que decidiu por uma dúzia de boas razões entregá-lo aos romanos. E aqui estou eu, minhas mãos rubras de sangue e vergonha e molhadas de lágrimas, ansioso por começar a contar a história de Jesus, e não apenas para deixar um registro do que aconteceu: quero brincar com o relato; quero lhe dar uma forma melhor; quero costurar os detalhes com capricho para tornar claros os padrões e as correspondências, e quero incluir detalhes na história, mesmo que não tenham existido na vida, por nenhum outro motivo a não ser o de contar uma história melhor. A isso, o desconhecido teria definido como deixar a verdade entrar na história. Jesus teria dito que isso é mentir. Ele queria a perfeição; exigia demais das pessoas... Mas esta é a tragédia: sem a história, Igreja não haverá, e sem Igreja, Jesus será esquecido... Ah, Marta, não sei o que devo fazer".

"Devias terminar teu jantar", disse Marta.

Mas, quando voltaram a olhar para a mesa, não havia mais pão, e o jarro de vinho estava vazio.

ESTA OBRA FOI COMPOSTA POR
RITA DA COSTA AGUIAR ESTÚDIO EM MERIDIEN
E IMPRESSA EM OFSETE SOBRE PAPEL
PÓLEN BOLD DA SUZANO PAPEL E CELULOSE
PARA A EDITORA SCHWARCZ EM OUTUBRO DE 2010

A marca FSC é a garantia de que a madeira utilizada na fabricação do papel deste livro provém de florestas que foram gerenciadas de maneira ambientalmente correta, socialmente justa e economicamente viável, além de outras fontes de origem controlada